Arena-Taschenbuch
Band 2781

Brigitte Blobel,
1942 geboren, studierte Politik und Theaterwissenschaft. Heute arbeitet sie als erfolgreiche Journalistin und schreibt Drehbücher für Film und Fernsehen sowie Romane für Erwachsene und Jugendliche, für die sie bereits mehrfach ausgezeichnet wurde. Sie ist eine der beliebtesten deutschen Autorinnen.

Brigitte Blobel

Du hast aber MUT!

Zu diesem Buch sind Unterrichtsmaterialien erhältlich unter www.arena-verlag.de.

MIX
Papier | Fördert gute Waldnutzung
FSC® C110508
FSC www.fsc.org

6. Auflage als Arena-Taschenbuch 2024

Rottendorfer Str. 16, 97074 Würzburg

Umschlagillustration: Melanie Garanin
Vignetten: Irmgard Paule
Umschlaggestaltung: Maria Proctor
Gesamtherstellung: Westermann Druck Zwickau GmbH
ISSN 0518-4002
ISBN 978-3-401-02781-4

Besuche uns unter:
www.arena-verlag.de
www.twitter.com/arenaverlag
www.facebook.com/arenaverlagfans

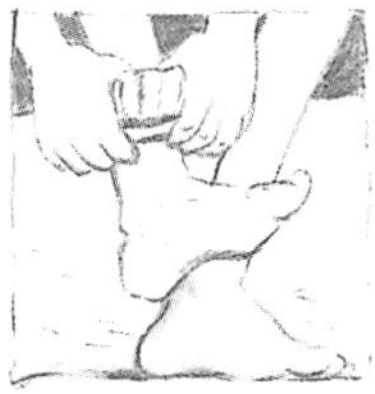

Niko hockte in seinem Zimmer auf dem Bettrand, zwischen dem verknautschten Bettzeug, und zog sich an: Unterhosen, Socken, die Jeans, die seine Mutter gewaschen hatte und die jetzt steif waren wie ein Brett. Er hasste frisch gewaschene Jeans, er mochte sie lieber ausgebeult und unten mit einem kleinen Schmutzrand am Saum. Er fand das cool. Er fand überhaupt eine ganze Menge Dinge cool, für die seine Eltern nur dieses Erwachsenenlächeln übrig hatten, ein bisschen von oben herab. Nach dem Motto »So waren wir auch mal, das gibt sich alles«. Schwieriger wurde es allerdings, wenn sie die Nase rümpften und sagten: »So waren wir früher aber nicht. Das hätten wir uns nicht getraut.« Und so weiter. In diesen Augenblicken bedauerte Niko, dass er keine Geschwister hatte, zwei, drei ältere Brüder: Das wär cool. Da müsste er dann nicht mehr um alles kämpfen, das hätten die schon vor ihm besorgt. Im Notfall würde er auch eine Schwester hinnehmen. Da hätte er dann jemanden zum Rumblödeln, jemanden, den man veralbern könnte, mit dem er am Sonntagmorgen Kissenschlachten ausfechten oder zusammen im Fernsehen Cartoons gucken könnte, wenn die Eltern noch schliefen.

Außerdem hatte es einen weiteren riesengroßen Nachteil, Einzelkind zu sein: Die Eltern konzentrieren sich zu sehr auf das, was man macht, gucken immer ganz genau hin. Jeden verdammten Tag. Zum Beispiel diese Jeans – würde seine Mutter sie so oft waschen, wenn es noch drei andere Kids mit schmutzigen Jeans in der Familie gab? Würde sie an seinen Haaren rumschnüffeln, um zu prüfen, ob in seiner Clique schon geraucht wurde? Und ihn immerzu mit Fragen löchern?

Er zog den Reißverschluss der Jeans hoch an diesem winzigen Häkchen, das ihm immer aus den klammen Fingern rutschte. Dann musste er den Gürtel durch die Schlaufen ziehen, auch so eine Prozedur, die er hasste. Er schnürte den Gürtel immer ganz eng, ins äußerste Loch.

Dann zerrte er eines der XXL-Shirts aus dem Schrank und schleifte es über den Flurboden auf dem Weg zum Badezimmer hinter sich her. Natürlich kam seine Mutter genau in dem Augenblick aus der Küche.

»Niko!«, rief sie. »Siehst du nicht, dass das Hemd auf dem Boden schleift?«

»Nee«, brummte Niko. Und ließ es weiter schleifen.

»Dann heb es doch hoch! Oder ist es zu schwer?«

»Exakt«, sagte Niko, »einfach zu schwer.«
In der Badezimmertür stieß er fast mit seinem Daddy zusammen. Der war schon fertig für die Arbeit angekleidet und roch nach dem neuen Rasierwasser. Weißes Hemd, Krawatte, Haare gebürstet.
»Hallo, Junior«, sagte sein Vater fröhlich, »ausgeschlafen?«
»Hab ich doch nie, weißt du doch«, knurrte Niko.
»Schau mal raus, die Sonne scheint«, sagte sein Vater munter. »Wird ein richtig schöner Tag heute.«
»Ein Tag, an dem man eine Arbeit schreiben muss, kann nicht schön werden.« Niko ließ das Shirt auf den Badewannenrand fallen und ging zum Waschbecken. Er musste sich immer erst eine Ladung eiskaltes Wasser ins Gesicht spritzen, um richtig wach zu werden. Sein Vater stand noch in der Tür und verbreitete diese Gutenmorgenlaune, die ihn fertigmachte. Sein Vater war morgens schon topfit. Niko verstand nicht, wie er das schaffte, wo er doch immer erst gegen Mitternacht ins Bett ging.
»Ihr schreibt heute eine Arbeit?«, fragte der Vater. »Na, hoffentlich hast du geübt. Die letzte Arbeit ging ja leider voll daneben.«
Niko nahm die Zahnbürste aus dem Becher und drückte etwas Zahnpastacreme drauf, nur einen Hauch. Er hasste den Zahnpastageschmack am Morgen. »Ich hab einen Spickzettel gemacht.«

Sein Vater kam einen Schritt näher. Er schaute Niko im breiten Spiegel an, der über den beiden Waschbecken hing.
»Spickzettel? Heißt das, du betrügst bei den Klassenarbeiten?«
»Quatsch.« Niko spuckte den Schaum aus, der sich von der Zahnpasta in seinem Mundraum gebildet hatte. Er spülte mit Wasser nach, gurgelte lange. Er spürte den Blick seines Vaters. Sein Vater war Verkäufer bei Karstadt, in der Computerabteilung. Er hoffte, dass er dieses Jahr zum Abteilungsleiter befördert wurde. Nikos Mutter hoffte das natürlich auch, dann wollten sie ein neues Auto kaufen. Im Wohnzimmer lagen jetzt immer Prospekte herum. Und manchmal, samstags, machten sie schon Probefahrten.
»Ich warte immer noch auf eine Antwort«, sagte Nikos Daddy.
Niko drehte sich um. Er verdrehte die Augen. »Mann, was soll das jetzt? Klar hab ich einen Spickzettel. Glaubst du, ich kann mir diese ganzen bescheuerten Formeln merken? Wenn du wüsstest, was wir jetzt für einen Mist lernen müssen. Das kriegt kein Mensch in seinen Kopf.«
»Und deshalb hast du einen Spickzettel?«, fragte sein Vater. »Und betrügst?«
»Wen betrüge ich denn? Ich helf mir nur selber ein

bisschen auf die Sprünge«, sagte Niko. Er schob seinen Vater aus der Tür. »Ich muss pinkeln.«
Er schloss die Tür. Er hörte, wie sein Vater von außen gegen die Tür pochte und rief: »Darüber reden wir noch, Junior!«

»Weißt du, dass dein sauberer Sohn bei den Klassenarbeiten schummelt?«
Sie saßen beim Frühstück. Nikos Vater mit aufgekrempelten Hemdsärmeln, um seine Manschetten zu schonen, seine Mutter im Jogginganzug. Sie hatte mal – vor Jahren – einen Marathon mitgelaufen, und weil sie nicht ganz aus der Übung kommen wollte, joggte sie jeden Morgen, wenn Niko und sein Vater aus dem Haus waren, durch den Stadtpark. Zehn Kilometer, jeden Tag, bei Regen und Sonne, Eis und Schnee.
Niko löffelte sein Müsli. Er spürte, dass seine Eltern ihn ansahen, aber er hielt seine Augen fest auf den Müsliteller gerichtet.
»Ihr schreibt heute eine Arbeit?«, fragte seine Mutter.
»In der dritten. Kannst mir die Daumen drücken.«
»Brauchst du nicht«, knurrte sein Vater, »er hat doch einen Spickzettel. Wenn ich euer Mathelehrer wär, dann würde ich mal dazwischenfahren.«
»Oh«, seufzte seine Mutter, »ausgerechnet Mathe.«
»Nicht so schlimm.« Niko schob den Stuhl zurück. »Ich krieg's schon hin.«

»Ja«, sagte sein Vater grimmig, »mit Schummeln.«
»Mensch, Papa, das machen alle.«
»Dann werden also später bloß Rechenchaoten die Schule verlassen.« Sein Vater nahm die Zeitung und schlug sie auf. »Schöne Aussichten.«
»Dafür gibt's doch Computer.« Niko grinste. Er wollte keine schlechte Stimmung am Frühstückstisch. Er hasste dicke Luft zu Hause.
Seine Mutter seufzte. »Bitte, Niko, wie du mit deinem Vater redest.«
»Lass ihn nur«, knurrte Nikos Vater. »Er wird schon sehen, was er davon hat, wenn er sich nicht auf die Klassenarbeiten vorbereitet. Irgendwann kriegt er die Quittung.«
»Das mit dem Spickzettel war doch nur Spaß«, sagte Niko schnell. »Das hab ich bloß gesagt, um euch zu ärgern. Ich hab für die Arbeit gebüffelt. Echt. Den ganzen Nachmittag.« Niko schob seinen Teller zurück. Er schaute auf die Uhr. »Ich muss los.«
»Hier, nimm einen Apfel mit.« Seine Mutter drückte ihm einen dicken roten Apfel aus der Obstschale in die Hand. »Vitamine sind gut fürs Gehirn.«
»Ich brauch keinen Apfel. Mein Gehirn arbeitet auch so.«
Niko zog sein Kapuzen-Sweatshirt über den Kopf, nahm die Schultasche und winkte einmal lässig über den Küchentisch. »Tschau, Leute.«

»Ich drück dir die Daumen.« Seine Mutter lief ihm nach, bis zur Haustür, und gab ihm schnell einen Kuss. Niko konnte ihr das einfach nicht abgewöhnen. Jungen in seinem Alter ließen sich nicht mehr von ihren Müttern zum Abschied küssen. Das war doch kindisch, babyhaft. Mal ein Kuss, wenn Weihnachten war oder Geburtstag oder so, das sah er ein. Aber er würde nie zulassen, dass seine Mutter ihn abknutschte vor anderen Leuten. Er würde es unter keinen Umständen zulassen, es war einfach zu peinlich. Er war doch kein Mädchen. Er war doch kein Muttersöhnchen. Nur Kids, die Angst haben, sagte er immer, lassen sich von ihren Müttern küssen. Kids, die nicht cool sind.

In seiner Hosentasche knisterte der Spickzettel.
Draußen schien die Sonne. Er fand einen Knüppel, dick und abgenagt, vielleicht ein Knüppel, mit dem einer der Hunde aus der Gegend immer spielte. Er hob ihn auf und fuhr damit an den Gartenzäunen entlang. Jeder Zaun machte eine andere Art Lärm. Der Drahtzaun, der Zaun aus Eisenstäben, der Holzzaun. Und die Betonwand. Immer ein anderer Ton.
Niko dachte an seinen Geburtstag. Er wollte dieses Mal bei McDonald's feiern. Die richtig coolen Geburtstagsfeten fanden jetzt immer bei McDonald's statt. Ismail hatte da gefeiert und Boris auch. Auf der Fete von Boris durften sie so viele Hamburger und Pommes essen, wie sie wollten. Und danach gab's Milchshakes, und dann wurden Spiele gemacht und Luftballons verteilt, und Boris' Mutter hatte für jeden ein kleines Geschenk unter die Serviette gelegt. Die Serviettenringe waren selbst gebastelt, und auf jedem stand ein Name. Nikos Serviettenring war aus roter Pappe, und sein Name stand mit goldenem Filzstift geschrieben darauf. Lei-

der hatte Boris' Mutter gedacht, Niko schreibt man mit c, Nico. Er hieß aber Niko. Das war ein bisschen schade, und deshalb hatte er den Serviettenring auch nicht mit nach Hause genommen. Aber das Geschenk war klasse: ein Kugelschreiber, auf dem ESSO stand. Der Vater von Boris arbeitete bei ESSO. Niko hatte daraufhin sofort seinen Vater gefragt, ob es auch Kulis gibt, auf denen KARSTADT steht, und ob man davon ein paar haben könne.

»Wofür brauchst du die?«, hatte sein Vater gefragt.

»Für meinen Geburtstag, als Geschenk«, hatte Niko gesagt.

»Hey, wenn man Geburtstag hat, bekommt man Geschenke! Vergessen?«, hatte sein Daddy gesagt und ihm die Haare durcheinandergewuselt.

»Ich bin doch nicht blöd«, hatte Niko wütend erwidert, »aber bei Boris auf der Fete haben wir alle ein Geschenk bekommen. Das war geil.«

»Du sollst nicht geil sagen, wie oft soll ich das wiederholen«, hatte seine Mutter gesagt, und damit war die Unterhaltung beendet.

Jeden Tag, wenn Niko zur Schule ging, überlegte er, wen er zu seiner Geburtstagsfete einladen sollte. Seine Mutter hatte gesagt: »Höchstens sechs, sonst wird das erstens zu unübersichtlich und zweitens zu teuer. Jungen in deinem Alter essen einem ja die Haare vom Kopf.«

»Jedenfalls, wenn es um Pommes und Eis geht«, hatte sein Daddy gemeint. Sein Daddy hatte recht, wie meistens.

Die Straße, in der Niko wohnte, war eine Wohnstraße, in der die Autos nur dreißig fahren durften. Überall waren Warnschilder aufgestellt und Blumenkübel verengten die Straße. Trotzdem rasten die Autos immer noch hier durch, weil es eine gute Verbindung zwischen zwei Hauptstraßen war. Morgens und abends, zur Hauptverkehrszeit, fuhr ein Auto nach dem anderen Slalom zwischen den Blumenkübeln. Es gab auch Verkehrszeichen, auf denen spielende Kinder zu sehen waren, dieses »Achtung, Kinder«-Schild, das man im Verkehrsunterricht kennen lernt. Dabei gab es in der Straße weniger Kinder als in anderen Straßen. Die meisten, mit denen Niko früher gespielt hatte, waren weggezogen.

»Etwas mehr an den Stadtrand«, sagte Nikos Mutter, »mehr ins Grüne, wo die Kinder unten am Bach toben können und zwischen den Häusern mehr Platz ist. Ich kann das verstehen.«

Und Niko sagte dann immer: »Wieso, was ist an unserer Gegend nicht in Ordnung? Die ist doch voll okay.«

»Aber deine Freunde wohnen alle weit weg«, sagte seine Mutter. »Stört dich das nicht?«
»Nein«, sagte Niko, »wieso denn? Ich hab doch mein Fahrrad.« Die Einzige, die nicht weggezogen war, das war Jule. Aber mit Jule redete er eigentlich nicht. Er wusste auch nur zufällig ihren Namen, weil ihre Mutter ihr einmal nachgelaufen war und ihren Namen gerufen hatte. Sie hatte offenbar irgendein Schulbuch vergessen, na ja, nachher wusste es die halbe Stadt, dass Jule ohne dieses Buch in dem roten Plastikeinband zur Schule unterwegs war. Niko wäre so etwas wahnsinnig peinlich gewesen. Jule offenbar nicht.
Er sah sie jeden Tag in der Schule, auf dem Pausenhof. Sie besuchte seine Parallelklasse. Niko war froh, dass er nicht in diese Klasse gehen musste. Da sind nur Streber, hatte Ben gesagt. Und die schleimen sich bei den Lehrern ein, die pauken nachmittags, bis ihnen schwarz vor Augen ist. Die kriechen auf einer sooo breiten Schleimspur. Und er hatte die Arme ausgebreitet, um zu zeigen, wie breit die Schleimspur war. Eklig, hatte Niko gesagt.
Wenn Jule vor ihm auf der Straße war, dann schlenderte sie betont langsam. Das merkte Niko natürlich. Sie schaute sich nicht um, aber Niko hatte das Gefühl, dass sie im Rückspiegel der Autos beobachten konnte, wie er näher kam.
Von einem Rückspiegel zum nächsten ging sie schnell,

dann wieder langsam, solange sie ihn beobachten konnte.

Niko begriff nicht, wie jemand so blöde sein konnte.

Worauf wartete sie?

Dass er irgendwas zu ihr sagte?

Aber warum sollte er mit ihr reden?

Nur weil sie zufällig in der gleichen Straße wohnten?

Er grüßte ja auch die anderen Leute nicht, die in der Straße wohnten, nur die Leute aus seinem Haus und dem Nachbarhaus. Und die Meiers von gegenüber, weil Frau Meier und seine Mutter befreundet waren.

An diesem Morgen stand Jule vor ihrem Haus auf dem Bürgersteig. Sie wartete auf ihn. Niko war ungefähr sechs Häuser entfernt, auf der anderen Straßenseite. Sie lächelte, er konnte das genau sehen, in der kleinen Sekunde, die er zu ihr hinschaute.

Sie hatte etwas Rotes an. Mehr sah er nicht, dann konzentrierte er sich wieder auf den Knüppel in der Hand.

Als er näher kam, stand Jule immer noch an der gleichen Stelle. Sie winkte. Er schaute sich um, so, als wenn er unmöglich gemeint war.

»Hallo, Niko«, rief Jule. Ihre Stimme war hoch, ein bisschen atemlos.

Vielleicht war sie aufgeregt.

Niko verzog keine Miene. »Hallo«, knurrte er und ging weiter.

Jule überquerte schnell die Straße, zwischen den parkenden Autos. Von hinten kam ein Motorrad. Aber Jule war schon auf seiner Seite, als das Motorrad auf gleicher Höhe war.

»Wieso machst du das?«, fragte sie.

»Was?«

»Na, mit dem Stock.«

»Wieso interessiert dich das?«

Jule lächelte. »Ich frag bloß.«

Statt einer Antwort ließ Niko den Knüppel einfach fallen und ging schnell weiter. Jule musste richtig hetzen, um Schritt zu halten. Sie trug diese komischen Schuhe, die gerade Mode waren und auf denen man mit Sicherheit nicht gut laufen konnte. Niko begriff nicht, warum Mädchen in total unbequemen Schuhen gingen, nur weil es Mode war.

»Hey«, rief Jule, »bist du jetzt sauer? Bloß weil ich das gefragt habe?«

Niko blieb stehen. Er schaute Jule an. Er sah, dass sie ein rundes Gesicht hatte, Sommersprossen und eine Zahnspange. An der Zahnspange klebte Speichel. Als Jule seinen Blick spürte, schloss sie schnell den Mund. Bestimmt war es ihr peinlich.

»Pass auf«, sagte Niko, »ich bin nicht sauer, wenn du mich jetzt in Ruhe lässt, klar? Ich schreib heute eine Mathearbeit, ich muss mich konzentrieren, kapiert?«

Jule bekam einen roten Kopf. Sie nickte. Sie ging weiter, immer neben Niko her.
Die Hauptstraße hatte sehr breite Bürgersteige auf jeder Seite. Es gab Zebrastreifen und Ampeln an den Zebrastreifen, die sofort umschalteten, wenn man auf den Knopf drückte.
Niko drückte auf den Knopf, die Ampel für die Autos schaltete auf Gelb, dann auf Rot, und die Fußgängerampel auf Grün.
Niko überquerte die Straße. Jule blieb immer dicht neben ihm. Mitten auf dem Zebrastreifen blieb Niko stehen. »Hast du ein Problem?«, fauchte er.
Jule schüttelte erschrocken den Kopf.
»Also. Und wieso rennst du wie ein Dackel neben mir her?«
»Ist das verboten?«, fragte Jule. Niko ging schweigend weiter und blieb nach hundert Metern an der nächsten Fußgängerampel stehen. Er drückte wieder auf den Knopf und wartete, bis die Ampel umschaltete. Diesmal dauerte es länger. Das ärgerte ihn, aber es war nicht zu ändern. Jule stand neben ihm.
Wenn sie wieder mit mir die Straßenseite wechselt, dachte Niko, dann wird es echt heavy, dann muss was passieren.
Aber als er den Fuß auf die Straße setzte, war neben ihm nicht dieser alberne Mädchenschuh, und als er auf der anderen Straßenseite war, überholten ihn ein

Radfahrer und ein Mädchen auf Rollerblades. Er schaute sich verstohlen um.

Jule hatte endlich aufgegeben.

Er atmete erleichtert auf.

Er betrat die Schule fünf Minuten vor dem Klingeln. Er bog im ersten Stock nicht nach links zu den Klassenräumen, sondern nach rechts, zum Klo.

Er schloss sich auf dem Klo ein, nahm den Spickzettel aus der Hosentasche und schrieb die Formeln mit dem Kuli in die Hand. Dann zog er die Ärmel seines Sweatshirts weit über das Handgelenk, ging zum Waschtisch und betrachtete sich im Spiegel.

Er nickte sich zu. Den Spickzettel riss er in sehr feine Fetzen, die er in den Abfalleimer flattern ließ. Niemand hatte ihn beobachtet.

Der Mathelehrer hieß Renzo Krause. Er hatte sich am Anfang des Schuljahres vorgestellt als der jüngste Lehrer der Schule, und schon deshalb hatte er bei allen Schülern Pluspunkte. Außerdem trug Renzo immer Turnschuhe und Jeans, fast wie die Kids, das war auch in Ordnung. Zu den Jeans aber richtige Jacketts und immer Oberhemden, aber ohne Krawatte. Wahrscheinlich hatte er Angst, dass man ihn in einem T-

Shirt zum Beispiel mit einem der Schüler aus der zwölften Klasse verwechseln konnte. Nebenan erhob sich das klotzige Gebäude der Ossietzky-Gesamtschule, und die beiden Pausenhöfe trennte nur eine Reihe Sträucher und Heckenrosen, durch die lauter kleine Trampelpfade hin- und herführten.

Nikos Eltern rechneten damit, dass er den Übergang zum Gymnasium schaffte. Für sie war das irgendwie sonnenklar, aber für Niko überhaupt nicht. Niko kannte seine Leistungen ziemlich gut und vor allen Dingen seine Schwächen. Davon erzählte er den Eltern natürlich nur das, was unbedingt gesagt werden musste, und wenn er mit schlechten Noten nach Hause kam, hatte er immer eine Ausrede parat: der fiese Lehrer, der ihnen etwas Falsches zum Üben aufgegeben hatte, oder die Kopfschmerzen vom letzten Kopfball, oder dass er Stress mit seiner Tintenpatrone gehabt hatte und zu wenig Zeit zum Schreiben ... Es gab so viele Ausreden wie Kiesel im Bach.

Herr Krause war aber nicht nur Mathelehrer, sondern unterrichtete die Jungen auch in Sport. Das war wiederum ein Vorteil. Da konnte Niko punkten. Niko war ziemlich gut in Leichtathletik – nicht gerade in Laufen, aber in Weitsprung und Werfen. Einmal in der Woche hatten sie Schwimmtraining, da machte Niko immer seine Delfin-Nummer. Er konnte als Einziger der Klasse den Delfinstil perfekt. Dafür bekam er jedes

Mal von Herrn Krause ein Lob. In Mathe wurde er hingegen nie gelobt, auch wenn er sich anstrengte.

Herr Krause hatte strahlende Laune. Er begrüßte die Klasse mit einem fröhlichen Guten Morgen, und als es nicht sehr laut zurückschallte, hob er die Augenbrauen, schaute in die Runde und sagte: »Was ist hier los? Muffensausen?«

Die Klasse knurrte. Vor einer Arbeit war die Stimmung immer nah am Gefrierpunkt.

»Aber, aber!«, rief Herr Krause fröhlich. »Wegen so einer kleinen Arbeit könnt ihr nicht mal fröhlich Guten Morgen sagen?« Er wedelte mit den Zetteln, die gleich verteilt werden würden und auf denen die Aufgaben standen. Gleich würde sich entscheiden, ob Niko den richtigen Spickzettel vorbereitet hatte. In einer Minute oder so. Nikos Herz schlug zum Zerspringen. Er fixierte die Zettel.

»Also, noch einmal.« Der Lehrer setzte sich rittlings auf seinen Platz, legte die Zettel neben sich und klatschte in die Hände. »Guten Morgen!«

»Guten Morgen, Herr Krause!«, schallte es etwas lauter, aber immer noch nicht besonders fröhlich zurück.

Der Lehrer lächelte. »Okay, damit muss ich mich wohl heute zufriedengeben!« Er nickte Natascha zu. »Willst du das hier verteilen, bitte?«

Natascha saß in der ersten Reihe. Sie war vor einem Jahr aus Weißrussland gekommen und hatte so fleißig gelernt, dass sie fast ohne Akzent Deutsch sprach. Sie war in allen Fächern gut, aber in Mathe haperte es auch. Niko stellte zufrieden fest, dass sie ganz bleich war, vor Angst. Wahrscheinlich seh ich genauso käsig aus, dachte Niko. Er spähte zu Svenja hinüber.

Svenja sah aus wie ein Sahnebonbon. Ihre goldenen Haare leuchteten, ihr hellblauer Pulli auch. Sie strahlte den Mathelehrer an.

Die braucht sich keine Sorgen zu machen, dachte Niko, die kann das im Schlaf. Svenja war das Mathe-Ass der Klasse. Und Niko war besonders froh, dass ihn von Svenja nur der schmale Gang trennte. Er hatte es trainiert, ihre Schrift zu lesen, sogar wenn sie das Heft ganz schräg hielt, er konnte ihre Schrift auch über Kopf lesen.

Niko ließ Svenja immer in Englisch abschreiben. Vokabeln, da war sie ganz schlecht. Und dafür durfte Niko in Mathe bei ihr linsen.

»Hast du geübt?«, flüsterte Niko.

Svenja lachte. Sie schüttelte den Kopf. »Das war doch alles babyleicht. Das muss man doch nicht üben. Wenn man die Formeln kennt, ist das doch babyleicht.«

»Weißt du, was drankommt?«, flüsterte Niko.

Vorne verteilte Natascha die Zettel. Man hörte ein Aufstöhnen in den ersten Reihen.

Herr Krause lehnte am Fenster, die Arme verschränkt, und schaute lächelnd auf die Klasse.
»Woher soll ich wissen, was drankommt. Aber ich schätze, Dreisatz«, sagte Svenja.
Niko wurde blass. »Dreisatz? Das haben wir doch noch gar nicht gehabt. Wieso denn Dreisatz?« Er geriet in Panik, ihm wurde ganz heiß.
Wieso kommt die jetzt auf Dreisatz, dachte er. Das ist doch noch gar nicht dran.
Svenja hob gleichmütig die Schultern. »Keine Ahnung. Aber ich finde es klasse. Dreisatz macht Spaß.«
Niko ließ sich zurückfallen. Natascha kam zu seiner Reihe. Sie lächelte ihn an. Sie war irgendwie richtig tapfer.
»Viel Spaß«, flüsterte sie, als sie Niko das Blatt gab.
»Danke gleichfalls«, knurrte Niko.
Herr Krause stieß sich vom Fensterbrett ab und kam näher. »Hey«, sagte er, »was redest du da die ganze Zeit, Niko?«
Niko wurde rot. »Natascha hat mir bloß viel Spaß gewünscht, und ich hab gesagt ›danke gleichfalls‹.«
Renzo Krause lachte. »Zwei Asse unter sich, was?« Er stellte sich an Svenjas Pult. Svenja nahm gerade von Natascha den Zettel in Empfang und studierte ihn.
»Na?«, fragte er. »Ich hatte doch recht, ist doch ganz leicht.«
Svenja schaute auf. Sie strahlte. Sie sagte nichts.

»Aber nicht, dass mir irgendjemand die Lösungen quer durch den Klassenraum ruft!«, sagte Herr Krause. Seine Stimme war jetzt streng. »Wenn ich jemanden dabei erwische, dass er mit Spickzetteln arbeitet oder einen anderen abschreiben lässt – da ziehe ich die Arbeit gnadenlos ein und gebe eine Sechs. Ist das klar?«

Niko zog verstohlen den Ärmel über seine linke Hand. Er hatte das Gefühl, im Klassenzimmer waren es mindestens sechzig Grad. Er schwitzte. Aber er konnte sein dickes Sweatshirt nicht ausziehen, das war zu gefährlich, dann konnte er die Hand nicht verstecken.

Er drehte den Zettel um und studierte die Aufgaben. Es war ihm, als würde jemand einen Volleyball gezielt gegen seinen Solarplexus schleudern.

Was waren das für Aufgaben?

Er kapierte nichts. Gar nichts.

Aufgabe Nr. 1:

Herr Wetterling rechnet fest damit, dass in der nächsten Woche der Tipp der 11er-Wette mit 1.2.1. beginnt. Wie viele Möglichkeiten gibt es, dass ein Tipp der 11er-Wette so anfängt?

Niko hatte das Gefühl, dass vor seinen Augen alles verschwamm. Er fing einen fassungslosen Blick von Ismail auf. Ismail war fast so schlecht in Mathe wie Niko.

»Kapierst du was?«

Niko formte den Satz nur mit den Lippen. Er war sicher, Ismail konnte ihn verstehen. Der grinste nur hilflos und schüttelte den Kopf.
Niko las die zweite Aufgabe:
Auf wie viele verschiedene Arten kann man eine Treppe mit vier Stufen hochgehen, wenn man nicht mehr als zwei Stufen auf einmal nimmt?
Niko schob den Zettel ganz an den Rand des Tisches und legte die Stirn auf die Tischplatte.
»Ist der bescheuert oder was?«, flüsterte er.
Er schaute verstohlen zu Svenja hinüber. Svenja las mit fröhlichem Gesicht die Aufgaben, dabei klickte sie unentwegt mit ihrem Kuli, was ihn ganz verrückt machte.
»Hey«, flüsterte er, »Svenja! Kapierst du das?«
Svenja warf ihm einen kurzen Blick zu. Sie hörte auf zu lächeln. Sie nickte nur und las weiter.
Renzo Krause rieb die Hände. »Also noch eine Erklärung für die Leute, die nicht wissen, was eine 11er-Wette ist. Eine 11er-Wette besteht nur aus den Zahlenkombinationen null, eins und zwei. Das ist eigentlich logisch, denn sonst könntet ihr diese Aufgabe nicht lösen.«
»Ich kann sie auch so nicht lösen!«, rief Ismail.
Das machte Niko Mut. »Ich auch nicht!«, rief er. »Ist das Dreisatz oder was?«
Der Mathelehrer runzelte die Stirn. »Nicht durch-

einanderrufen, bitte. Wieso soll das Dreisatz sein? Das ist eine ganz normale Zählaufgabe.« Er klatschte in die Hände. »Jetzt nicht mehr reden, konzentrieren!« Er schaute auf die Uhr. »Ihr habt noch fünfunddreißig Minuten Zeit.«

Und ich Idiot hab mir wer weiß was für Aufgaben auf meinem Spickzettel notiert, dachte Niko verzweifelt. Das krieg ich nie raus, nie!

Sein Blick schraubte sich an dem Text fest. Herr Wetterling rechnet damit, dass in der nächsten Woche der Tipp mit einer 1.2.1. beginnt . . . aber wieso? Wieso rechnet der damit? Das ist doch schon mal völlig unlogisch!

Niko verstand überhaupt nichts von Wetten. Sein Daddy hatte mal Lotto gespielt, jede Woche, und seine Mami musste den Tippzettel abgeben, wenn sie samstags zum Bäcker joggte.

Aber an dem einen Tag, als sie tatsächlich etwas gewonnen hätten (vier Richtige waren getippt!) – da hatte sie vergessen, den Zettel abzugeben. Niko wollte lieber nicht an die Stimmung denken, die an dem Wochenende zu Hause geherrscht hatte. Sie hätten über fünfhundert Euro gewonnen.

Niko beobachtete Svenja. Sie schob beim Schreiben die Zungenspitze zwischen die Zähne, was komisch aussah. Svenja hatte sowieso ein Gebiss wie ein Osterhase. Das sagte Enno immer. Er nannte Svenja »das

Häschen«. Aber nur heimlich. Svenja hatte davon keine Ahnung.
»Hey«, wisperte Niko, »was kommt bei der ersten Aufgabe raus?«
Svenja tat, als hörte sie ihn nicht. Niko riss eine Ecke von seinem Papiertaschentuch ab, formte daraus ein Kügelchen und schnippte es ihr an den Kopf.
Svenja starrte ihn an. »Spinnst du?«
»Was kommt bei der ersten Aufgabe raus?«
Niko geriet allmählich in Panik. Renzo Krause spazierte zwischen den Tischen herum, er konnte sich jeden Augenblick umdrehen. »Schnell! Bitte!«
Svenja formte die Lippen, aber Niko war sicher, dass sie gar nichts Richtiges sagte.
»Heb mal dein Heft hoch!«, wisperte er.
Aber Svenja tat es einfach nicht. Dabei hatte der Lehrer gerade eine supergünstige Position. Er würde es überhaupt nicht sehen können, weil Ritas breiter Rücken und ihre Löwenmähne Svenjas Tisch für seinen Blick verdeckten.
»Jetzt! Schnell!«, bettelte Niko.
Aber was tat Svenja? Sie legte den Arm vor das Papier. Sie schrieb emsig, als hätte sie ihn nicht gehört.
»Svenja! Bitte! Wenigstens die erste Aufgabe!«
Svenja hob den Kopf. Ihre Augen waren kalt. Sie hatte kein Mitleid, das spürte Niko. Vielleicht wollte sie in dieser Arbeit als Einzige eine Eins schreiben. Viel-

leicht hatten ihre Eltern ihr irgendwas versprochen, wenn sie mit einer tollen Zensur nach Hause kam ...

»Denk doch selber nach!«, zischte Svenja.

In diesem Augenblick wirbelte der Mathelehrer herum. Er starrte Niko an. »Niko! Was tuschelt ihr da immerzu? Ich hab gesagt, ich will kein Wort hören!«

Niko wurde rot. »Mir ist bloß der Radiergummi runtergefallen«, murmelte er verlegen.

Er ballte die linke Hand zur Faust. Er durfte nicht vergessen, dass in der Handfläche lauter Lösungen von Rechenaufgaben standen, die leider nicht drankamen.

Er schob den Ärmel über die Hand und konzentrierte sich auf die zweite Aufgabe:

Auf wie viele verschiedene Arten kann man eine Treppe mit vier Stufen hochgehen, wenn ...

Es ist sinnlos, dachte Niko, ich kapier nichts.

Er stürzte sich mit heißem Kopf auf die dritte Aufgabe. Die machte irgendwie mehr Sinn. Er begann zu rechnen, zu kritzeln, er radierte, schrieb wieder etwas hin, radierte aufs Neue. Sein Blatt sah schrecklich aus. Schon vom ersten Hinsehen musste jedem Lehrer klar werden, dass er keine Ahnung hatte. Es machte ihn fertig zu sehen, wie Svenja ruhig eine Aufgabe nach der anderen löste. Wenn sie zwischendurch nur einmal ihren Zettel anhob und ein bisschen zur Seite drehte ... Er hatte ziemlich gute Augen, er kannte ihre

Schrift genau, er konnte das lesen, aber sie hielt immer den Arm davor. Sie hütete ihre Lösungen wie einen Schatz. Das war gemein. Das war richtig fies. Schließlich hatte Niko ihr so oft bei den Vokabeln geholfen, hatte ihr vorgesagt, wenn sie im Mündlichen stecken geblieben war, hatte ihr immer wieder aus der Klemme geholfen.

Wieso ließ sie ihn dieses Mal nicht spicken? Wieso nicht? Was war los? Er kapierte es einfach nicht.

Es klingelte zur Pause.

»Und Schluss!« Herr Krause klatschte in die Hände. »Alle legen ihre Füllfederhalter oder Kulis hin! Alle, habe ich gesagt! Ich sammele selbst ein.«

Er ging durch die Reihen, legte sorgfältig einen Zettel auf den anderen.

»Svenja! Bitte!«, wisperte Niko. Er hielt seinen Zettel noch fest. Er hatte noch eine winzige Chance.

Doch die ganze Zeit tat Svenja, als bemerkte sie seine Verzweiflung nicht.

Da stand Herr Krause vor ihnen, streckte die Hand aus. Svenja gab mit strahlendem Lächeln ihren Zettel ab, Niko schaute nicht hin.

Renzo Krause sagte: »Na, war doch gar nicht so schlimm, oder?«

Niko gab keine Antwort.

Der Lehrer legte die Arbeiten in das Mathebuch, stapelte darauf die anderen Bücher, band eine Kordel

darum und lächelte kurz in die Klasse: »Also, dann bis morgen, Leute.« Und verschwand.
Niko ließ sich nach hinten fallen. Beinah wäre sein Stuhl umgekippt. Er sah zu, wie Svenja eine Lakritzschnecke aus ihrer Tasche nahm und mit ihren Hasenzähnen ein Stück nach dem anderen abnagte.
»Wieso hast du mich nicht spicken lassen?«, fragte Niko.
Svenja sah ihn an, kaute Lakritzschnecke und lächelte. »War doch babyleicht«, sagte sie.
»Ich lass dich auch immer spicken, in Englisch«, sagte Niko.
Svenja hob die Schultern. »Da krieg ich jetzt Nachhilfe. Bald kann ich die Vokabeln besser als du.«
Niko konnte es nicht glauben: So war das also! Svenja dachte, dass sie ihn nicht mehr brauchte!
Die Lakritzschnecke war jetzt ganz in ihrem Mund verschwunden. Sie stand auf, sah, dass ihr Schuhband offen war, bückte sich und knotete die Schleife neu. Niko schaute zu. Seine Knie waren von der Anstrengung immer noch ganz weich. Er hatte das Gefühl, dass er es nicht bis zum Pausenhof schaffen würde.
»Was hast du denn bei der ersten Aufgabe raus?«, fragte Niko, während Svenja sich bückte und ihre Haare ihr vor das Gesicht fielen.
»Sechstausendfünfhunderteinundsechzig.« Svenja richtete sich wieder auf. »War doch babyleicht.«

Niko starrte sie an. Sechstausendfünfhundertein-undsechzig. Er hatte nicht den geringsten Schimmer, wie sie darauf gekommen war.
»Und bei der zweiten?«, fragte er. »Bei dieser beknackten Aufgabe mit den Treppenstufen?«
Svenja strahlte ihn an. »Oh Mann, sag bloß, die hast du auch nicht.«
»Nee«, knurrte Niko, »habe ich nicht.«
»Da kommt fünf raus. Ist doch logisch. Du musst das einfach bloß auszählen.« Sie warf den Kopf in den Nacken und schritt wie eine Göttin davon.
Niko stand auf. Beim Hinausgehen fiel sein Blick zufällig auf den Schulhof, und da sah er ganz zufällig den Mathelehrer mit den Büchern und den Arbeiten unter dem Arm auf die Turnhalle zugehen.
Renzo Krause plauderte mit drei Jungen aus der dritten Klasse. Einer von ihnen balancierte einen Volleyball auf der Hand. Die drei wuselten um ihn herum. Der Mathelehrer hielt die Bücher und die Mathearbeiten fest. Er machte einen großen Schritt über eine Regenpfütze. Niko schickte ein Stoßgebet zum Himmel, dass die Kordel sich lösen würde und die Zettel alle in die Pfütze flatterten, dass alles verdreckte und verschmierte und die Arbeit nicht gewertet werden konnte. Aber Renzo Krause hüpfte mit einem federnden Schritt über die Pfütze, die Arbeiten fest im Arm.
Niko fegte aus dem Klassenzimmer, rannte den Flur

entlang, nahm vier Stufen auf einmal und war auf dem Pausenhof. Er lief zur Turnhalle, die auf der anderen Seite des Pausenhofes war.
Er riss die Glastür auf. Vorn im Vorraum standen die Jungen und alberten herum.
Niko blieb stehen, als sie ihn anstarrten. Er lächelte. Er holte tief Luft. Seine Kehle brannte plötzlich.
»Hey«, sagte er, »habt ihr jetzt Sport?«
Einer der Jungen hatte eine Brille. Er schob die Brille auf die Nasenspitze und blickte ihn an. »Nee, wir gehen in die Turnhalle, weil wir hier immer Kochen haben«, sagte er. Die anderen feixten.
Niko tat, als fände er den Satz rasend komisch. Dann sagte er: »Sport bei Krause?«
Die Jungen nickten.
»Geht ihr auch in die Halle?«
»Wieso musst du das wissen? Oder ist was?«
»Nee, überhaupt nichts. Ihr spielt Volleyball oder was?«, fragte Niko.
»Klar, Volleyball, in der Halle«, sagte der Junge. »Sonst noch was?«
Mehr wollte Niko nicht wissen. Es klingelte. Die Pause war vorbei. Die Jungen verschwanden im Umkleideraum.
Renzo Krause war auch schon in seinem Zimmer. Die Sportlehrer zogen sich immer in einem Nebenzimmer um, in dem es auch eine Art Krankenbett gab, seit

damals der Unfall am Reck passiert war. Niko kannte den Raum.
Da gab es auch einen Schrank für Gewichte und Bälle, ein Waschbecken und einen Getränkeautomaten. Außerdem einen Schreibtisch.
Auf dem Schreibtisch lagen jetzt die Arbeiten.
Ich könnte wetten, dachte Niko, dass sie da liegen. Ich könnte wetten, dass sie da während der ganzen nächsten Stunde liegen. Das Zimmer ist nie abgeschlossen. Das wusste Niko. Er hatte einmal während der Sportstunde etwas aus dem Raum holen müssen, ein Springseil aus dem Schrank, und da hatte der Lehrer zu ihm gesagt, der Raum sei immer offen.
Niko konnte an nichts anderes mehr denken, als er im Waschraum seine Hände unter den Wasserstrahl hielt, um die in die Hand geschriebenen Zahlen abzuwaschen. Er sah immer diesen Stapel mit Büchern und Zetteln vor sich, die braune Kordel, die darum geknotet war.
Sechstausendfünfhunderteinundsechzig, dachte er. Aufgabe Nr. 1.
Aufgabe Nr. 2: Fünf.
Das sind nur zwei Zahlen. Die hab ich in null Komma nichts auf meinen Zettel geschrieben. Das ist doch so einfach, Mann!

In der nächsten Stunde hatten sie Deutsch.

Manuela musste ihre Hausarbeit vorlesen: »Ich habe eine Million im Lotto gewonnen.«

Komisch, dachte Niko, die Lehrer spielen offenbar alle Lotto. Darüber reden sie dann in Mathe, in Deutsch, echt komisch. Ich will keine Million. Ich will bloß eine anständige Zensur in Mathe, damit mein Daddy mich nicht fertigmacht. Mehr will ich überhaupt nicht.

Wenn er den Hals reckte, konnte er auf den Schulhof sehen. Jedenfalls auf einen Teil des Schulhofes. Er lag da wie ausgestorben.

Niko schloss die Augen und presste die Fäuste in die Magengrube. Er lehnte sich zurück und stöhnte leise.

Die Deutschlehrerin schaute ihn an.

»Niko«, sagte sie, »ist etwas nicht in Ordnung?«

Niko öffnete langsam die Augen. Er versuchte zu lächeln. »Ich weiß nicht«, murmelte er. »Mir ist so schlecht ... Kann ich mal kurz raus?«

»Wieso ist dir schlecht?«, fragte die Lehrerin.

»Keine Ahnung.« Nikos Stimme klang zittrig, fast weinerlich. »Mir tut der ganze Bauch weh.«
Die Lehrerin machte ein besorgtes Gesicht. »Hast du was Falsches gegessen?«
Niko hob die Schultern. »Weiß nicht, vielleicht.«
»Dem ist die Mathearbeit auf den Magen geschlagen«, rief Ismail. »Mir war vorhin auch ganz schlecht!«
Ein paar in der Klasse lachten. Niko erhob sich. Er hielt sich an der Tischkante fest. Er war ganz sicher, dass er käsig und krank aussah und elend. Er fühlte sich auch elend. Aber sein Herz raste wie verrückt.
»Also gut, geh einfach mal raus und atme tief durch. Geh an die frische Luft. Manchmal hilft das.« Sie lächelte ihm aufmunternd zu. »Vielleicht hast du dich wirklich während der Arbeit zu sehr verkrampft.«
Niko nickte. Er spürte die Blicke der anderen wie Pfeile in seinem Rücken, als durchbohrten sie ihn. Sein Gesicht glühte.
Das war wie Spießrutenlaufen. Er durfte aber nicht schnell gehen. Er musste in der Taille ein bisschen einknicken und die Fäuste in den Magen pressen. Er musste daran denken, dass ihm schlecht war.
»Hoffentlich geht es gleich besser«, rief die Lehrerin ihm zu, als er die Tür öffnete.
»Danke«, flüsterte er. Und war draußen.
Der Flur lag verlassen da. Das Linoleum glänzte.
Er schaute an den Garderobenhaken entlang. Er sah

die Anoraks, die Mützen, die Schals. Manche Leute hatten auch Turnbeutel oder Plastikbeutel an die Haken gehängt. Am Ende des Flures stand der Putzwagen und verströmte einen ekligen Seifenlaugengeruch.
Niko ging schnell. Er schaute sich immer wieder um. Er spähte misstrauisch zu jeder Klassentür. Hinter den Türen das Gemurmel, das Gelächter, manchmal eine laute Stimme.
Er lief die Treppe hinunter, stieß die Türen zum Pausenhof auf. Die Luft war frisch und klar. Er atmete tief durch, wie die Lehrerin es vorgeschlagen hatte. Er lockerte den Gürtel. Das tat wirklich gut, man konnte besser durchatmen.
Da drüben war die Turnhalle. Die Türen, die äußeren Glastüren, waren geöffnet. Neben der Turnhalle die Fahrradständer. Neben den Fahrradständern eine Gruppe von Kastanien, die gerade ihre Blütenkerzen ansetzten. Das sah immer wirklich schön aus. In einem Monat würde der Boden unter den Kastanien aussehen, als habe es frisch geschneit. Lauter weiße Blütenblätter. In der zweiten Klasse mussten sie die Kastanienblätter und Blüten zeichnen. Da hatte er eine Eins bekommen.
Er überquerte den Pausenhof. Verstohlen spähte er zu seinem Klassenfenster hoch. Alles schien unverdächtig. Er konnte niemanden sehen. Trotzdem schlug er

einen Haken, presste die Hände wieder in den Magen und schob sich an der Hauswand entlang.
Schon von Weitem hallte ihm der Lärm aus der Turnhalle entgegen. Die anfeuernden Schreie, das dumpfe Geräusch, wenn der Ball aufprallte, die Trillerpfeife von Renzo Krause, der den Schiedsrichter spielte. Er spielte gern den Schiedsrichter. Bei einem Tor gab es immer ein richtiges Pfeifkonzert.
Nikos Herz schlug heftig. Er lief auf Zehenspitzen an den Umkleideräumen vorbei, blieb vor der Tür stehen, an der PRIVAT stand. Er wusste, dass an der Tür PRIVAT stand.
Er atmete tief durch, schaute sich unauffällig um, lief dann doch noch einmal zum Eingang der Turnhalle, stellte sich auf die Zehenspitzen und spähte durch das schmale Sichtfenster. Das Volleyballspiel war schon angepfiffen. Renzo Krause, im Trainingszeug, lief am hinteren Rand des Spielfeldes hin und her und gestikulierte wild.
Niko duckte sich und schlich zurück. Wieder stand er vor der Tür, drückte sacht die Klinke herunter und lehnte sich leicht gegen die Tür. Sie gab sofort nach. Er hielt die Luft an, schaute sich misstrauisch um. Alles ruhig.
Er wusste nicht, ob es besser war, die Tür offen zu lassen oder sie zu schließen. Wenn er sie offen ließ, würde das jeder, der aus der Turnhalle trat, sofort

bemerken. Andererseits konnte er aber auch sehen, wenn sich etwas veränderte, und besser hören, ob das Spiel weiterging.

Er ließ die Tür halb geöffnet. Ein Kompromiss.

Auf dem Tisch lag der Bücherstapel. Immer noch mit der Kordel verschnürt. Niko ging wie magisch angezogen auf den Tisch zu. Er konnte an nichts anderes mehr denken. Er sah von der Welt nur noch einen kleinen Ausschnitt: nur noch das Viereck mit dem Bücherstapel. Irgendwo darin steckte seine Mathearbeit.

Mit zitternden Fingern knotete er die Schnur auf, nahm die Arbeiten aus dem Buch, blätterte sie durch.

Da. Sein Herz raste. Hatte er etwas gehört? Waren da Stimmen? Bewegte sich etwas?

Nein, nichts. Seine Nerven.

Er wartete, bis er wieder den erlösenden Pfiff der Trillerpfeife hörte. Das Spiel ging immer noch weiter.

Er legte den Zettel auf den Tisch, nahm den Kugelschreiber, den er in der Hosentasche verstaut hatte, und schrieb hinter die erste Aufgabe die Zahl 6561. Hinter die zweite Aufgabe die Zahl Fünf.

Er schob alles wieder zusammen und steckte es in das Buch, das er aufgeschlagen liegen gelassen hatte. Wer weiß, vielleicht merkte Renzo Krause sich solche Sachen wie Seitenzahlen. Er durfte nichts dem Zufall überlassen. Kein Risiko eingehen.

Da. War das eine Mädchenstimme? Ganz schrill und hoch?
Und dann wieder. Oder ein Klatschen?
Was war das?
Niko glaubte, sein Herz würde stehen bleiben.
Er knüpfte hastig die Kordel zu. Er hatte sich gemerkt, wie es aussehen musste, dabei spähte er durch den langen Gang. Die Tür zur Halle war nach wie vor verschlossen.
Wieder ein schriller Schrei.
Ein Panikschrei, Angstschrei. Wie im Krimi.
Niko ließ den Bücherstapel auf den Tisch fallen. Er rannte zum Fenster, spähte hinaus. Und starrte direkt in das Gesicht eines Jungen. Eines großen Jungen. Älter als er. Viel älter. Bestimmt drei Jahre älter. Wahrscheinlich einer aus der Gesamtschule. Um den Hals trug er ein schwarzes Hundehalsband mit silbernen Stacheln. Das sollte voll cool aussehen. Tat es auch. Dann sah er den anderen Jungen. Der richtete sich auf und sagte etwas zu dem ersten. Er fasste mit der einen Hand um das Gelenk der anderen und hob die Faust, als wolle er sagen, dass er sich wehgetan habe. Dann sah Niko, dass Blut an der Hand war.
Er konnte kaum atmen. Er wusste nicht, ob der Junge, der ihn immer noch anstarrte, ihn wirklich sehen konnte durch die Doppelfenster. Unter ihm, auf dem Boden, ein Mädchen.

Es war Jule! Sie hockte auf dem Boden. Sie hatten ihr Gesicht blutig geschlagen. Ein dritter Junge zerrte sie brutal hoch und stieß sie vor sich her. Sie stolperte. Sie lief. Ein paar Schritte folgten ihr die Jungen, aber dann blieben sie stehen und blickten zurück. Ihm direkt in die Augen.

Niko konnte sich nicht bewegen, er war wie gelähmt.

Ihm fiel plötzlich ein, dass er die Trillerpfeife lange nicht gehört hatte. Er stürzte aus dem Raum, vergaß dabei die Tür zuzumachen, drehte noch einmal um, schlug die Tür zu und rannte, rannte, rannte.

Vor seinem Klassenzimmer blieb er stehen. Er keuchte. Er bekam fast keine Luft mehr, etwas schnürte ihm den Hals ab. Vielleicht die Panik oder die Erleichterung, dass er es geschafft hatte. Oder die Angst, ob Krause den Betrug bemerken würde.

Und diese Schlägertypen?

Hatten sie ihn gesehen?

Oder hatte der eine Junge nur zufällig hochgeschaut, während Jule auf dem Boden lag und verprügelt wurde?

Durch die geschlossene Tür hörte er die Stimme der Lehrerin. Sie las einen Text vor. Das merkte man an den Pausen, die sie machte, an den Betonungen.

Dann war es still.

Niko drückte sanft die Klinke herunter.
Die Lehrerin stand vorn, gegen ihren Tisch gelehnt, und schaute zur Tür. Sie machte ein besorgtes Gesicht.
»Niko«, sagte sie, »ich wollte schon jemanden schicken. Ich hab mir Sorgen gemacht, du warst so lange weg. Geht es besser?«
Niko nickte. Er versuchte zu lächeln, aber gleichzeitig wollte er auch gerne aussehen wie jemand, der Magenschmerzen gehabt und sich gerade ein bisschen davon erholt hatte.
»Ich bin ein bisschen rumgegangen«, murmelte er.
»Gut«, sagte die Lehrerin freundlich. »Wir lesen gerade einen Text aus dem Buch. Schlägst du Seite sechsundfünfzig auf, bitte?«
Niko beeilte sich, das Buch aus der Schultasche zu holen und aufzuschlagen. Svenja schaute ihn von der Seite an. Er nahm keine Notiz.
Ismail drehte sich zu ihm um. »Besser?«, flüsterte er.
Niko nickte nur.
Birte wurde aufgefordert weiterzulesen. Birte hatte eine ganz leise, immer etwas aufgeregte Stimme.
»Nicht die Endsilben verschlucken«, mahnte die Lehrerin, »jedes Wort deutlich aussprechen und auf die Betonung achten, auf den Sinn der Sätze.«
Niko starrte auf den Text.
Aber alles, was er sah, war diese Faust des Jungen, blutverschmiert, und Jules Gesicht, auch voller Blut.

Er hatte auf einmal das Gefühl, dass er nie wieder an etwas anderes denken könnte.
Er wünschte, er wäre weit weg.

Als Niko von der Schulstraße in den Nordring einbog, sah er die drei wieder. Sofort, in der ersten Sekunde, erkannte er sie. Dabei waren sie halb verdeckt von den Leuten, die an der Bushaltestelle warteten.
Niko sah zuerst die blond gefärbten Haare, dann den mit dem Mecki, der andere hatte einen Mittelscheitel, und die Haare fielen bis über die Ohren.
Sie taten, als würden sie den Fahrplan studieren, aber wie auf Kommando drehten sie sich plötzlich um.
Da erkannte Niko auch den Dritten, den mit dem Hundehalsband. Der grinste, als er Niko erkannte.
Niko sah, dass die drei miteinander redeten, weil sich ihre Lippen bewegten; aber sie schauten sich nicht an, wenn sie redeten, sie blickten alle zu ihm hin.
Der Bus kam, alle Leute stiegen ein.
Niko wollte warten, bis die Jungen auch eingestiegen waren, und dann erst weitergehen.
Aber die Türen vom Bus schlossen sich, der Bus fuhr

ab, Niko sah die roten Schlusslichter, und die drei Jungen standen immer noch da.
Sie kamen ihm jetzt entgegen. Sie gingen nebeneinander, die ganze Breite des Bürgersteiges füllten sie aus. Niko überlegte, ob er schnell die Straßenseite wechseln sollte. Aber das wäre feige. Am liebsten würde er sich umdrehen und wegrennen.
Er ging nah an der Bürgersteigkante, aber als er nur einen Fuß auf die Straße setzte, war einer der drei bei ihm und packte seinen Arm.
»Hey«, sagte er, »willst abhauen? Bist du ein kleiner Angstscheißer oder was?«
»Was wollt ihr?«, fragte Niko trotzig. Er schaute den Jungen mit dem Halsband an. Irgendwie dachte er, dass er der Anführer sein müsste.
»Das weißt du genau«, knurrte der mit den Stoppelhaaren.
Niko schüttelte den Kopf. »Nee, ehrlich, keine Ahnung«, stammelte er. Er versuchte sogar ein Lächeln. »Echt nicht. Ich kenne euch überhaupt nicht.«
»Ha, ha, deine Lügen glaubst du ja selbst nicht.« Sie rempelten ihn. Sie waren grob. Sie zogen ihn hinter das Wartehäuschen der Bushaltestelle.
Ihre Gesichter waren so nah, dass Niko zu schielen begann, wenn er in ihre Augen blickte.
»Du hast nichts gesehen, klar?«, zischte der Anführer.

Niko schluckte. Er wollte etwas sagen, aber der mit den Stoppelhaaren hielt ihm die Faust unter das Kinn.
»Ob das klar ist?!«, sagte er drohend.
»Klar.« Niko schloss die Augen. Er würgte. »Klar, ich weiß gar nicht, was ihr meint. Lass mich los, ja?«
Sie ließen ihn tatsächlich los.
»Das war nur als Warnung«, sagte der Anführer. »Wir warnen jeden nur einmal, klar? Das zweite Mal sucht der seine Zähne auf dem Asphalt zusammen, einzeln.«
Niko schluckte, er nickte. Er fasste sich mit der Hand an die Kehle, als wenn er keine Luft bekäme.
Die drei lachten.
»Oder die Zahnspange«, sagte der Anführer. »Aber eine Zahnspange hast du nicht, oder? Mach mal den Mund auf.«
Niko wollte nicht. Er presste die Lippen zusammen. Er wandte den Kopf ab.
»Hey, schwerhörig oder was? Du sollst den Mund aufmachen. Wir wollen bloß sehen, ob du eine Zahnspange hast. Damit die Milchzähne schön hübsch geradeaus wachsen.«
Die drei lachten.
»Ich hab keine Zahnspange«, flüsterte Niko.
»Na, siehst du, wieso nicht gleich. Wir fragen, du antwortest, alles easy. Lass ihn los.« Der Anführer machte ein Zeichen, und der mit den Stoppelhaaren,

der Nikos Sweatshirt mit der Kapuze festhielt, ließ ihn los.
»Wir verstehen uns, klar?«, sagte er.

Seine Mutter hatte gute Laune. Das kam in der letzten Zeit nicht so oft vor. Aber heute hatte sie gute Laune. Sie trällerte in der Küche, während sie Pfannkuchen backte. Die ganze Wohnung roch nach Pfannkuchen. Oft war das Nikos Lieblingsgericht, heute aber gerade nicht. Heute würde er am liebsten gar nichts essen. Sein Magen war zugeschnürt.
»Erzähl«, sagte seine Mutter, als er schließlich auf seinem Stammplatz an der Stirnseite des Küchentisches Platz nahm.
»Was denn?« Niko versteckte schnell sein Gesicht hinter dem großen Becher mit Milch. Mittags trank er immer einen halben Liter Milch. Seine Mutter sagte, das sei gesund. Manchmal schmeckte sie ihm gut, heute aber nicht. Heute wäre er am liebsten in sein Zimmer gegangen, ins Bett gekrochen und hätte sich die Decke über den Kopf gezogen.
»Wie war die Mathearbeit?« Seine Mutter schaufelte den letzten Pfannkuchen auf den Stapel, nahm die Schürze ab und setzte sich ihm gegenüber.
Jetzt merkte Niko, weshalb sie gute Laune hatte: Sie war beim Friseur gewesen. Also gingen sie heute Abend wahrscheinlich irgendwohin. Ins Theater oder

Kino, oder sie trafen sich mit Kollegen und spielten Skat. Also würde er allein zu Hause sein. Sie sagten ihm das nie vorher, immer erst im letzten Augenblick, weil er früher immer so ein Theater gemacht hatte, wenn sie ihn allein ließen. Niko hatte sein eigenes System entwickelt, um es früher herauszufinden. Er konnte die Anzeichen deuten, wie ein Detektiv.

Dabei machte es ihm jetzt fast nichts mehr aus, wenn er allein in der Wohnung war. Er durfte nur nicht den Fehler machen, einen Krimi anzusehen. Dann fürchtete er sich, wenn er in sein Zimmer gehen musste, allein, und nicht wusste, ob jemand unter dem Bett versteckt war …

»Wie die Arbeit war, du Penner«, sagte seine Mutter zärtlich. Wenn sie gut gelaunt war, nannte sie ihn oft Penner. Niko fand das blöd. Er sprach sie dann immer mit ihrem Vornamen an, er sagte dann Sabine statt Mami. Und schon war er kein Penner mehr, und Mami war wieder Mami.

Dieses Mal sagte er gar nichts, sondern schnitt den Pfannkuchen in lauter schmale Streifen, dazu musste man sich konzentrieren.

»Hey, ich warte. Oder habt ihr keine Arbeit geschrieben?«

»Doch, haben wir.«

Er fasste die Streifen an und legte ein Muster, wie Gitterstäbe, immer im rechten Winkel übereinander.

»Mit Essen spielt man nicht«, sagte seine Mutter.
»Die Arbeit war okay«, brummte Niko. »Gibt es auch Kirschen dazu?«
Seine Mutter stand auf. Die Kirschen hatte sie vergessen. Sie ging in die Speisekammer, holte ein Glas und öffnete es. Dabei brach sie sich einen Fingernagel ab, weil der Ring so fest saß. Bestimmt hat sie die Mathearbeit vergessen, dachte Niko. Aber nachdem seine Mutter die Kirschen in eine Glasschüssel geschüttet und sie zusammen mit einem Löffel mitten auf den Tisch gestellt hatte, setzte sie sich wieder hin und fragte: »War es denn schwer?«
»Geht so.«
»Erzähl mal.«
»Was denn?«
»Na, die erste Aufgabe, zum Beispiel.«
»Oh Mann«, brummte Niko, »kann man nicht mal in Ruhe essen?«
Eine Weile aßen sie schweigend. Niko spürte die Blicke seiner Mutter.
Einen Streifen Pfannkuchen nach dem anderen schob er in den Mund, bis sein Mund so voll war, dass er nicht mehr schlucken konnte.
»Du hast einen Knall«, sagte seine Mutter, »du isst wie ein Kleinkind. Stopfst alles in dich rein und vergisst runterzuschlucken.«
Niko drehte den Stuhl von ihr weg, schloss die Augen,

kaute und schluckte. Als sein Mund leer war, drehte er sich wieder um.
»Also«, sagte seine Mutter, »wenn du in der Mathearbeit eine Drei hast, dann darfst du vielleicht acht Freunde einladen.«
Niko ließ die Gabel fallen. Er starrte seine Mutter an. »Acht? Ehrlich?«
Die Mutter lächelte. Sie hob die Schultern. »Ich hab das mit deinem Daddy besprochen. Weil er doch so sauer war wegen dem Spickzettel.«
»Ich hab nicht geschummelt«, sagte Niko, »weil ganz andere Aufgaben drangekommen sind.«
»Das haben wir uns gleich gedacht.« Seine Mutter lachte. Sie war irgendwie ganz erleichtert. »Das haben Spickzettel so an sich. Es sind immer die falschen.«
Niko sagte darauf nichts.
Seine Mutter setzte Teewasser auf. Nach dem Essen trank sie immer schwarzen Tee.
»Hast du überhaupt acht Freunde?«, fragte sie.
Niko lehnte sich auf seinem Stuhl zurück und steckte die Daumen in den Gürtel. »Na, logisch«, sagte er großspurig. »Acht, das ist immer noch zu wenig. Praktisch sind fast alle aus meiner Klasse meine Freunde.«
»Mehr als acht geht wirklich nicht«, sagte seine Mutter.
Niko verstand das.
»Acht geht in Ordnung.«

»Aber nur, wenn du eine Drei hast oder besser.«
»Besser.« Niko tippte sich an die Stirn. »Besser als eine Drei: Ihr träumt wohl!«
Er stand auf, stellte den Stuhl ordentlich an den Tisch und ging zur Tür.
»Was machst du heute Nachmittag?«, rief seine Mutter ihm nach.
»Weiß nicht.«
»Gehst du weg?«
»Nee, glaub nicht.«
Dann war Niko in seinem Zimmer. Er setzte sich an den Schreibtisch. Er wollte Matheaufgaben üben.
Er hatte sich das wirklich fest vorgenommen, aber als er das Buch öffnete, sah er nur diese drei Jungen. Und überall Blut.
Er legte sich auf das Bett und schloss die Augen.

Am nächsten Morgen trug Jule keine Zahnspange. Sie stand oben auf der Treppe, an ihrer Haustür, und schaute die Straße hinunter, in die Richtung, aus der er kam.

Niko schlenderte den Bürgersteig entlang, er hatte an diesem Tag überhaupt keine Lust, in die Schule zu gehen. Er hätte am liebsten geschwänzt. Eine Weile, als er morgens wach lag – das passierte ihm sonst nie, dass er wach war, bevor sein Daddy ihn weckte –, hatte er überlegt, ob er krank sein könnte.

Er hatte versucht, sich zu erinnern, wie man es anstellte, dass man plötzlich Fieber bekam. Oder Schüttelfrost. Seine Mutter hatte aber eine Ausbildung als Krankenschwester, behauptete sie jedenfalls. Vielleicht nur, damit er nicht auf die Idee kam, plötzlich krank zu feiern. Sie brauchte bloß ihre kühlen Finger an seine Stirn zu legen und stellte fest: Kein Fieber. Oder sie nahm seine Hand, fühlte seinen Puls, schaute ihn besorgt an und sagte: »Dir geht's nicht gut, oder?«

Sie wusste immer alles. Es hatte keinen Zweck.

Jule kam die Treppe herunter und wartete auf der

anderen Seite der Straße. Sie winkte. Er winkte nicht zurück.
»Hallo, Niko!«, rief sie.
Er schaute zu ihr hin. »Hallo«, sagte er, fast tonlos.
Sie lächelte, sie sah ohne Zahnspange ganz anders aus.
Sie wartete den Laster ab und überquerte dann im Laufschritt die Straße. Ihr Rucksack schlug bei jedem Schritt gegen ihre Hüfte, weil die Riemen viel zu lang waren. Sie hatte einen Pferdeschwanz. Sonst trug sie die Haare meistens mit zwei Spangen aus der Stirn. Es war Niko eigentlich egal, was sie mit ihren Haaren machte, aber er bemerkte es trotzdem. Er musterte sie und versuchte zu erkennen, ob irgendwas mit ihrem Gesicht passiert war. Wo war das ganze Blut?
Er dachte, sie müsste mindestens so aussehen wie Henry Maske nach einem verlorenen Boxkampf. Aber sie sah normal aus. Nur eben ohne Zahnspange. Und in den Nasenlöchern steckten Wattestöpsel.
»Ich hab auf dich gewartet«, sagte sie, als sie neben ihm herging.
»Und wieso?«, fragte Niko.
»Ich weiß nicht. Ich wollte nicht allein gehen.«
»Aha«, brummte Niko. Er wusste nicht, was er sagen sollte. Bei Mädchen fiel ihm nie etwas ein.
»Wir haben heute in den ersten beiden Stunden Musik«, sagte Jule, »deshalb hab ich meine Zahnspange nicht drin. Ich kann nicht singen mit dem Ding.«

»Aha«, sagte Niko.
»Außerdem ist sie kaputt.«
Nikos Herz machte einen Satz.
»Kaputt? Wieso denn?«, murmelte er, ohne sie anzusehen.
Jule sagte nichts. Sie balancierte auf der Bürgersteigkante. Sie konzentrierte sich darauf. Dann blieb sie plötzlich stehen. »Heute Nacht hab ich was Blödes geträumt.«
Niko wartete, aber sie sagte wieder nichts, balancierte weiter, drehte sich wieder um. »Das war echt so scheußlich.« Sie schüttelte sich. »Buhuh, ich hoffe, ich träum nie wieder so einen Mist.«
»Was ist denn passiert?«, fragte Niko.
»Passiert ist nichts«, sagte Jule, »ich hab bloß geträumt.«
»Ja . . . aber was denn?«
»Ich hab geträumt, dass ein paar Jungen . . .« Jule stockte.
Niko hielt die Luft an. Er war etwas durcheinander. Wieso hatte Jule das geträumt? Er hatte doch gesehen, was passiert war! Oder können zwei Leute dasselbe träumen? Mitten am helllichten Tag? Das war doch verrückt!
»Die haben mich verprügelt«, sagte Jule, »bis meine Nase geblutet hat. Immer ins Gesicht geschlagen. Da ist der eine Metallbügel von meiner Zahnspange ge-

brochen, und das Ding hat mir in den Gaumen gepikst. Hier, willst du mal sehen?« Sie blieb direkt vor ihm stehen.

»Nein«, sagte Niko und drehte sich weg.

»Na ja, man sieht auch nicht viel.«

»Ich denke, das hast du nur geträumt«, sagte Niko. »Da kann man dann doch nichts sehen?«

Jule warf ihm einen Blick zu, aber sie schwieg.

An der ersten Fußgängerampel blieb Niko stehen und drückte den Knopf.

»Warum gehst du eigentlich immer von einer Straßenseite auf die andere?«, fragte Jule.

»Weil ich Bock drauf habe«, sagte Niko.

Die Ampel sprang auf Grün. Er ging los. Jule neben ihm.

»Was waren das denn für Typen«, fragte Niko, »von denen du geträumt hast?«

»Welche aus der Ossietzky«, sagte Jule. »Ganz ätzende Typen. Kennst du Matti?«

Niko schüttelte den Kopf. »Wer soll das sein?«

»Der trägt immer so ein Punker-Lederband um den Hals.«

»Ach«, sagte Niko, »das Hundehalsband.« Er wollte eigentlich lieber nicht dran denken.

»Genau, das ist der Matti. Der geht in die Siebte, auf die Real, glaub ich wenigstens. Er wohnt da vorne.« Sie deutete auf ein großes, lang gezogenes Mietshaus

aus roten Backsteinen und mit weißen Balkonen. »Ich weiß nicht, in welchem Stock.«

Niko dachte, sein Blut müsste erstarren. Dieser Typ wohnte ja ganz in der Nähe! Und genau auf seinem Schulweg! Wieso hatte er ihn dann nie getroffen?

»Der Matti hat Freunde, die sind fast noch schlimmer als er. Ich könnte dir was über die erzählen, aber ich darf nicht.«

»Was denn? Wieso denn nicht?«, fragte Niko. Er verhaspelte sich, weil er aufgeregt war. Er wollte schnell an dem Haus vorbei, in dem Matti wohnte.

»Du rennst vielleicht!« Jule hetzte neben ihm her. »Wenn du so rennst, kann ich nicht reden.«

»Musst ja auch nicht reden«, knurrte Niko. Aber er ging doch langsamer. »Und?«, fragte er nach einer Weile. »Was weißt du denn von diesem Matti?«

Jule holte tief Luft, dann seufzte sie und sagte: »Hast du manchmal Angst?«

»Weiß nicht«, murmelte Niko, »manchmal. Wieso?«

»Ich hab oft Angst«, sagte Jule. »Früher bin ich mit dem Rad in die Schule gefahren. Aber das tu ich nicht mehr, seit die . . .« Sie stockte.

»Was?«, fragte Niko.

»Na ja, seit wir unser Auto immer in dem Haus von Mattis Wohnung parken. Da ist unten eine große Tiefgarage, und meine Eltern haben einen Platz gemietet, und ich soll da mein Rad hinstellen, sagen sie, weil hier so viel geklaut wird. Früher hab ich es einfach an den Gartenzaun angeschlossen. Aber meine Mami sagt, das kostet die ein Lächeln. Wenn jemand ein Rad haben will, dann kriegt er auch das Schloss auf. Oder er montiert alles ab und lässt eben nur das angekettete Teil da, einen Reifen oder so.«

Niko nickte. Das stimmte. Das hatte er auch schon gehört.

»Jetzt steht mein Fahrrad da in der Tiefgarage und versauert«, sagte Jule. »Aber ich würde das da nicht rausholen, nicht für tausend Euro.«

»Tausend Euro sind viel Geld«, sagte Niko, nur um irgendwas zu sagen.

»Klar, weiß ich, viel Geld. Aber ich würde es trotzdem nicht tun.« Sie schaute Niko an. »Und was machst du gegen die Angst?«

»Weiß nicht.« Niko grinste. »Ich zähl bis hundert oder so.«

»Und das hilft?«

Niko schüttelte den Kopf, er grinste immer noch. »Nö, überhaupt nicht.«

»Und wieso tust du es dann?«

Niko verdrehte die Augen. »Mann, das war ein Witz.«

Jule starrte ihn an. Dann nickte sie. »Ach so«, sagte sie leise, »verstehe.«

»Ich wollte einen Witz machen«, sagte Niko, als hätte sie es doch nicht verstanden.

»Klar«, sagte Jule, »du findest es witzig, dass jemand Angst hat. Du bist bestimmt immer ganz cool.«
»Quatsch«, sagte Niko. Er holte tief Luft. »Na ja, meistens.«
»Meine Mami ist krank«, sagte Jule plötzlich. »Sie darf sich nicht aufregen. Deshalb kann ich ihr nichts erzählen. Nie. Das musste ich den Ärzten versprechen. Das ist ganz schön blöd, wenn man alles für sich behalten muss.«
Niko dachte an das, was er gesehen hatte, an das Blut in Jules Gesicht. Und wie sie gelaufen war und wie die Jungen sie noch geschubst und getreten hatten. Er würde ihr das gerne sagen. Aber er durfte nichts sagen. Dann müsste er ja erklären, wieso er sie gesehen hatte, und dann müsste er sagen, wo er gewesen war und was er da, in dem Zimmer der Lehrer, überhaupt zu suchen hatte … Und außerdem behauptete sie ja, es sei nur ein Traum gewesen.
»Wann hast du heute Schluss?«, fragte Jule, als sie in die Schulstraße einbogen.
Niko musste rechnen. Meistens wusste er das nicht auswendig. Es änderte sich immerzu. Einmal war ein Lehrer krank, dann hängte jemand noch eine Extrastunde dran oder es wurde eine Stunde von einer anderen Woche nachgeholt. Es ging drunter und drüber, seit ihre Klassenlehrerin im Krankenhaus lag. Niemand wusste, wann sie wieder rauskäme. Sie hat-

ten schon zweimal einen Brief geschrieben und für einen Blumenstrauß gesammelt. Renzo Krause hatte ihnen erzählt, dass sie sehr krank sei. Aber mehr wusste er auch nicht, sagte er jedenfalls.

»Nach der Fünften«, sagte er schließlich.

Jetzt konnten sie den klotzigen Bau der Ossietzky-Schule schon sehen. Ein langer, überdachter Gang führte zum Eingang. Rechts und links von dem Gang waren die Fahrradständer und die Abzweigungen zu kleinen Pavillons.

In einem der Pavillons war die Schulbibliothek. Auch die Schüler aus der Grundschule konnten sich da Bücher ausleihen. Niko war zwei- oder dreimal da gewesen. Er las nicht besonders gerne. Er fand Lesen anstrengend.

Jetzt, wo er wusste, welche Typen einem da über den Weg laufen konnten, würde er sowieso nicht mehr in die Bücherei gehen.

»Schade«, sagte Jule, »ich hab bis zur Sechsten, sonst hätten wir zusammen nach Hause gehen können, weil . . .« Jule stockte mitten im Satz. Ihr Blick wurde ganz starr. Niko schaute sie an, dann in die Richtung ihrer Augen, und dann sah er Matti. Matti unterhielt sich gerade mit einem Mädchen, das auf einem Fahrrad saß, einen Fuß am Boden. Er grinste, er machte Faxen. Vielleicht ist er in die verknallt, dachte Niko, dann machen Jungen immer so blöde Faxen.

»Scheiße«, flüsterte Jule.
»Was ist denn?«, fragte Niko.
»Das ist der Matti.«
»Ach«, sagte Niko gedehnt, »der. Komm, wir gehen einfach weiter.«
Jule nickte. Sie gingen eng nebeneinander. Niko merkte, dass Jule bei ihm Schutz suchte. Sie hatte keine Ahnung, welche Angst er vor diesem Matti hatte. Der war ja einen Kopf größer als er. Und er hatte auch an den Handgelenken diese Lederarmbänder, mit spitzen silbernen Beschlägen. Was der sich dabei dachte, so was umzubinden. So was Ätzendes.
Nikos Kopf glühte. Er hörte, wie Jule neben ihm heftig atmete. Sie keuchte geradezu.
Aber Matti nahm von ihnen beiden überhaupt keine Notiz. Sie gingen an Matti und dem Mädchen auf dem Fahrrad vorbei und nichts passierte. Es war ganz komisch, Niko konnte es gar nicht glauben.
Jule vielleicht auch nicht. Als sie in ihre Schuleinfahrt einbogen, schauten sie sich an.
»Das ist so ein Scheißgefühl, wenn man solche Angst hat«, stöhnte Jule.
Niko versuchte zu lächeln.
»Also, du hast nicht bis zur Sechsten?«
Niko schüttelte den Kopf.
Jule atmete tief durch. »Okay, ich schätze, ich krieg das auch alleine hin.«

»Was denn?«, fragte Niko. »Worüber redest du eigentlich? Ich versteh immer nur Bahnhof.«
»Ich darf nicht darüber reden«, sagte Jule, »sonst machen die mich fertig. Aber vielleicht machen sie mich sowieso fertig. Also, dann bis morgen.«
Sie musste nach links, er nach rechts. »Wir haben jetzt Chor.«
»Weiß ich doch. Hast du schon gesagt.«
»Hab ich schon gesagt? Ach ja.« Jule war vollkommen durcheinander. »Deshalb hab ich die Zahnspange nicht drin«, sagte sie. »Aber die ist sowieso kaputt.«
»Hast du auch schon gesagt«, sagte Niko.
Jule fixierte ihn. In ihren Augen war etwas Komisches. Keine Tränen. Nur so ein feuchter Schimmer. Sie glänzten richtig merkwürdig.
»Wenn es dir nichts ausmacht«, sagte Jule, »könnten wir ja jetzt immer zusammen zur Schule gehen.«
»Macht mir nichts aus«, sagte Niko.
Jule lächelte.
Ein Mädchen rempelte sie an und lachte. »Hey, ist das dein Freund?«
Jule wurde rot und Niko auch.
Jule rief dem Mädchen nach: »Nein, wir wohnen bloß in derselben Straße!«
Aber das hörte Niko schon nicht mehr. Er hatte Leute aus seiner Klasse entdeckt und rannte hinter ihnen

her. Sie hatten in der ersten Stunde Naturkunde und in der zweiten Sport bei Renzo Krause.
Und in der vierten Mathe.

Im Sportunterricht fragte Ismail: »Und? Haben Sie die Arbeiten schon angesehen?«

»Hab ich«, sagte Herr Krause freundlich.

»Schlecht ausgefallen?«

»Ein paar von euch haben nicht richtig nachgedacht«, erwiderte er, »dabei waren die Aufgaben ganz leicht.«

Niko sagte nichts. Er schnürte seine Turnschuhe zu und hatte den Kopf ganz weit hinuntergebeugt, damit Renzo Krause ihm nicht ins Gesicht sehen konnte.

»Haben Sie meine Arbeit schon gesehen?«, fragte Ismail.

»Ja, ich habe sie gesehen.«

»Und?«, drängte Ismail. »Welche Zensur?«

Herr Krause legte ihm freundschaftlich die Hand auf den Rücken. »Mach dich jetzt nicht verrückt, ja? Jetzt haben wir Sport. Jetzt tun wir was für unsere Muckies, für unseren Körper. Und in der Mathestunde kriegt ihr die Arbeiten zurück. Und dann werdet ihr ja sehen.«

Niko schluckte. Heute schon bekamen sie die Arbeiten zurück!
Ganz langsam hob er den Kopf. Schaute von unten nach oben direkt in das Gesicht des Lehrers.
Der Lehrer blickte ihn an, ihm in die Augen. Niko spürte, wie das Blut ihm ins Gesicht schoss.
Warum guckte der ihn so an?
Was hatte das zu bedeuten?
»Niko«, sagte Herr Krause, »ich hoffe, du bist heute gut in Form. Ich wollte dich nämlich ins Tor stellen.«
Niko atmete tief durch. »Ich bin in Superform«, sagte er ganz cool. Aber sein Herz klopfte zum Zerspringen.

In der Pause, nach dem Sport, als Niko auf einer der Steinbänke saß und sein Pausenbrot aß, kam Jule auf ihn zu. »Hi«, sagte sie und setzte sich neben ihn.

Niko rückte ein Stück. Er sagte nichts. Er starrte Löcher in den Himmel. Der Himmel war grau, wie seine Stimmung. Diese verdammte Mathearbeit. Irgendetwas hatte Renzo Krause im Sinn. Er spürte das. Wie er ihn angesehen hatte! Irgendetwas lief da. Wenn er nur wüsste, was. Dann könnte er sich darauf einstellen, dann könnte er sich schon mal irgendetwas überlegen, eine Ausrede, eine Entschuldigung, eine kleine Notlüge . . . irgendwas.

Er zuckte zusammen, als Jule ihn anstieß. »Was machst du? Träumst du?«

»Ich muss mich konzentrieren«, knurrte Niko. Er rückte noch ein Stück weiter. Er hasste es, wenn Mädchen sich einfach so zu ihm setzten. Er wollte nicht, dass die Leute dachten, er hätte irgendwas mit Jule. In seiner Klasse schrieben sie sich jetzt immer Liebesbriefe und schenkten sich Freundschaftsbänder. Auf

einer Party hatten sie sogar Verlobung gespielt. Da hatte Birte sich mit Till verlobt, aber eine Woche später war die Verlobung schon geplatzt, weil Birte Till seinen O-Saft aus der Tasche geklaut hatte. Jedenfalls behauptete Till das. Und Birte sagte: »Wieso, wenn man verlobt ist, dann muss man doch alles teilen. Ich wollte ja bloß einen Schluck. Ich hatte einfach Durst.«
Niko hatte keine Lust auf solche Sachen. Deshalb hoffte er inständig, dass Jule von selbst aufstehen und gehen würde. Aber sie tat es nicht.
»Der Matti wollte wissen, worüber wir geredet haben«, sagte sie. »Der hat mich schon wieder so blöde angemacht. Ich dachte, ich entwische ihm, aber er hat mir direkt vor dem Musiksaal aufgelauert. Ich glaube, der schwänzt dauernd. Ich hasse diesen Typen, ich kann dir gar nicht sagen, wie.«
Niko knüllte das Butterbrotpapier zusammen und zielte auf den Abfalleimer. Er warf. Das Papier flog daneben.
Er stand auf, um das Papier aufzuheben. Jule erhob sich gleichzeitig. Wie die eineiigen Zwillinge, dachte Niko. Er war wirklich genervt.
Er wirbelte herum und starrte Jule an. »Was kann ich dafür, wenn der Matti dich anmacht? Wieso erzählst du mir das?«
Jules Lächeln erlosch. Sie sah auf einmal ganz blass und klein und irgendwie hässlich aus.

Nikos Wut wurde immer größer. »Mensch, du rennst den ganzen Tag hinter mir her. Hast du sonst niemanden, mit dem du reden kannst? Mich interessiert die ganze Matti-Scheiße nicht!«
Jule zitterte. Sie schaute auf ihre Schuhe. »Verstehe«, flüsterte sie, »tut mir leid. Ich wollte nicht ... ich dachte ...«
»Das ist schon ein Fehler«, fauchte Niko, der richtig in Fahrt geriet. »Wenn ihr Mädchen anfangt zu denken, ist sowieso alles zu spät.«
Jule hob den Kopf. »Du bist genauso blöd wie alle Jungen«, sagte sie, drehte sich um und lief weg.
Niko atmete tief durch. Er fühlte sich irgendwie erleichtert. Die nächsten fünf Minuten dachte er weder an Jule noch an Matti. Er vergaß sogar die Mathearbeit und Renzo Krause.
Er ging in die Pausenhalle und kaufte sich einen Viertelliter Kakao, pikste den Strohhalm durch das Loch und trank langsam, mit halb geschlossenen Augen, ganz entspannt im alltäglichen Schulchaos.

Herr Krause verteilte die Zettel mit den korrigierten Arbeiten persönlich. Er legte jedem seine Arbeit auf den Tisch. Bei manchen sagte er nichts, wie zum Beispiel bei Birte, und bei manchen blieb er stehen, wie zum Beispiel bei Ismail. »Dir würde ich raten«, sagte er, »nachmittags mal ein bisschen öfter ins Mathebuch zu gucken anstatt auf deinen Computer. Von den Spielen wird man nicht schlauer. Aber die Matheaufgaben, die machen schlauer.«

»Ich hab überhaupt keine Computerspiele«, murmelte Ismail. Er starrte auf seinen Zettel.

Normalerweise rief Niko quer durch die Klasse. »Hey, Ismail, wie viele Punkte?« Aber dieses Mal sagte er nichts. Er hatte einen ganz dicken Hals, als wären seine Stimmbänder geschwollen, oder die Mandeln – alles tat weh. Er glaubte, wenn er etwas sagen müsste, käme nur ein Krächzen heraus. Er betete, dass der Lehrer ihm den Zettel einfach nur auf den Tisch legte und weiterging.

Jetzt stand er bei Svenja. Er lächelte. Und Svenja, die wieder mal aussah wie ein Sahnebonbon, lächelte siegessicher zurück. »Alles richtig«, sagte Herr Krause. »War doch nicht schwer, oder?«

»Babyleicht«, sagte Svenja.

»Alle mal hersehen!« Der Mathelehrer hob den Zettel hoch über den Kopf und zeigte ihn der Klasse. »So wünsche ich mir die Arbeiten. Nichts durchgestrichen, nichts gekritzelt und gekrakelt. Svenja hat ganz ruhig und selbstverständlich eine Aufgabe nach der anderen gelöst. Sie hat sich konzentriert, das merkt man.« Er legte den Zettel wieder hin.

Ein paar in der Klasse maulten und murrten. Klar, wenn jemand so ein Rechengenie war wie Svenja, dann musste ein Zettel ja anders aussehen. War doch logisch.

»Und nun zu dir, Niko«, sagte der Lehrer. Er wandte sich Niko zu. Er hielt die Zettel immer noch vor der Brust, und zwar so, dass Niko nur die Rückseite sehen konnte. Niko schluckte. Er legte die Hände flach auf den Tisch, damit das verdammte Zittern aufhörte. Er starrte den Lehrer an. Er rechnete mit allem. Er fühlte sich wie ein Verbrecher im Gerichtssaal, eine Sekunde vor dem Urteil. In Amerika gab es noch die Todesstrafe. Wie das wohl ist, wenn der Richter seine Robe zurechtrückt und dann sagt: »Der Angeklagte wird zum Tod auf dem elektrischen Stuhl verurteilt.«

Vor Nikos Augen tanzten schwarze Punkte. Dann waren die Punkte auf einmal glühend rot, und dazwischen leuchtete hin und wieder das Gesicht des Mathelehrers auf.

»Niko, ich habe noch nie eine so schludrige Arbeit gesehen. Was war los mit dir?«

Niko räusperte sich. Er zuckte die Schultern. Er krächzte hilflos: »Wieso? Was denn?« Er verstand nicht, was der Lehrer wollte.

Der Lehrer legte die Arbeit vor ihn hin, die restlichen hielt er noch in der Hand. Er stemmte die Arme auf den Tisch und schaute Niko in die Augen. »Immerhin hast du zwei richtige von drei Aufgaben«, sagte er.

»Immerhin. Das hat mich gewundert, als ich diesen Wisch hier gesehen hab.«

Niko hielt die Luft an.

»Und ich habe mich für einen Augenblick gefragt, wie du zu den richtigen Lösungen gekommen bist.«

Niko senkte den Blick. Er ertrug die Augen des Lehrers nicht mehr. Sie brannten ihm Löcher in die Stirn. Am liebsten wäre er aufgesprungen und rausgerannt. Aber das ging nicht. Nicht mal Magenschmerzen könnte er in diesem Augenblick vortäuschen. Er musste das aushalten. Und er wusste immer noch nicht, ob der Lehrer seinen Betrug entdeckt hatte oder nicht. Der spannte ihn auf die Folter.

»Es ist irgendwie fast ein Wunder«, sagte der Lehrer fröhlich, »dass nach solchem Gekritzel doch noch die richtige Lösung herauskommt. Du hast Strichmännchen auf das Papier gemalt. Was sind das? Außerirdische Heinzelmännchen? Haben die dir dann die Hand geführt, als du die richtige Zahl hingeschrieben hast?«

Svenja lachte. Ich hasse ihr Lachen, dachte Niko. Er presste die Hände zwischen die Knie und beugte sich vor. Das Gesicht starr auf den Rücken des Vordermannes geheftet.

»Du willst mir das Geheimnis nicht verraten?«, fragte der Lehrer.

Niko räusperte sich, einmal, zweimal. Er schluckte die

Spucke runter, die sich in seinem Mund gesammelt hatte.
»Es gibt kein Geheimnis«, krächzte er. »Ich hab bloß ein bisschen gebraucht, bis ich die Lösung hatte.«
Der Lehrer lächelte. »Stimmt, das sieht man. Aber manchmal kommt man offenbar auch auf Umwegen zum Ziel, was?«
Wieder schoss Niko das Blut ins Gesicht, wieder dachte er: Jetzt, jetzt sagt er es. Aber Herr Krause legte Niko nur sekundenlang die Hand auf die Schulter und ging weiter, zur letzten Reihe, um Jan und Jelena die Arbeiten zurückzugeben. Jan und Jelena hatten beide eine Fünf.
Aber Niko hatte eine Drei!
Eine Drei!
Seine erste Drei in Mathe seit den Ferien!
Er hatte eine Drei!!!
Der Lehrer hatte sein Zeichen daruntergemacht, seinen Kringel um all die Kritzeleien, mit vielen Ausrufezeichen und Fragezeichen, aber schließlich hatte er doch eine Drei hingeschrieben! Und sein Zeichen daruntergesetzt. Und das Datum.
Ein Freudentag! Ein Jubeltag!
Wovor hatte er eigentlich so eine Angst gehabt?
War doch alles paletti!

Till und Niko verließen gemeinsam die Schule. Sie hatten beide gute Laune, denn Till hatte auch zum ersten Mal seit langer Zeit eine Drei in einer Mathearbeit geschrieben. Sie alberten herum mit einem kaputten Ball. Jemand hatte mit dem Messer ein Loch in die Gummihülle gestochen. Aber deshalb machte es gerade einen besonderen Spaß, den Ball gegen die Mauer zu kicken oder die Treppe herunterkullern zu lassen. »Wir könnten heute Nachmittag was zusammen machen«, schlug Till vor. »Heute Nachmittag hab ich echt keinen Bock auf Schularbeiten.«

»Glaubst du, das interessiert die Lehrer?«, fragte Niko fröhlich. »Schularbeiten müssen einfach erledigt werden. Aber wir können uns trotzdem treffen, wenn du Lust hast.«

Till strahlte. »Klasse. Vielleicht am alten Bahnhof? Da treffen sich jetzt immer die Inline-Skater. Da geht voll die Post ab, hat Chris gesagt.«

Chris war der Junge, mit dem Till meistens zusammen war. Aber jetzt hatte er nicht mehr so viel Zeit, weil sie ein Baby bekommen hatten und es seiner Mutter nicht besonders gut ging. Er musste nun viel für sie erledigen. Vielleicht war das Baby auch krank, Till wusste das nicht so genau, weil Chris sich in Schweigen hüllte.

Niko hatte sich überlegt, auch Chris zur Geburtstagsfete einzuladen – jetzt durfte er ja acht Leute einladen –, aber seit er das mit dem Baby wusste, war er sich nicht mehr so sicher. Wenn Chris nur kam, um sich den Bauch vollzuhauen, und dann gleich wieder nach Hause musste, war das auch blöd.

»Was würdest du davon halten, wenn ich Chris auch einlade?«, fragte Niko.

»Wozu denn einladen?«, fragte Till.

»Na, zu meinem Geburtstag. Du bist doch auch eingeladen. Wir feiern bei McDonald's.«

Till verdrehte die Augen. »Wow, klasse!«

Tills Eltern waren seit ziemlich langer Zeit arbeitslos, und deshalb kamen für Till Sachen wie Kino oder McDonald's oder Eisessen nicht mehr infrage.

»Echt, eine super Idee!«, rief er strahlend. »Mann, mir läuft das Wasser im Mund zusammen, wenn ich an die Pommes denke. Und deine Eltern bezahlen das?«

Niko strahlte. Er nickte stolz.

»Für alle? Die zahlen echt alles?«

»Ihr könnt essen, bis ihr platzt.« Niko grinste. »Mein Daddy ist schon auf das Schlimmste vorbereitet.«

Auf der Straße vor dem Schultor blockierte ein Laster die Fahrbahn, und die Autofahrer, die nicht vorankamen, drückten wütend auf die Hupe. Es war ein richtiges Hupkonzert.

Niko versuchte, gegen den Lärm anzuschreien. »Eigentlich sollte ich nur fünf Leute einladen, also, dass wir sechs sind zusammen, aber weil ich eine Drei habe, darf ich acht Leute einladen.«

»Ich glaub, da will jemand was von dir«, schrie Till.

Genau in diesem Augenblick fuhr der Laster wieder los, und das Hupkonzert brach abrupt ab. Und im nächsten Augenblick stand Matti vor ihnen. Wie aus dem Erdboden gewachsen.

Niko wurde blass. »Scheiße«, flüsterte er.

Matti versperrte ihnen den Weg.

»Sag deinem Kumpel, ich will dich alleine sprechen«, sagte er und schaute dabei auf die Straße.

»Meinst du mich?«, fragte Till.

Matti schüttelte den Kopf, er deutete mit dem Finger auf Niko. »Der weiß schon Bescheid.«

Niko spürte plötzlich wieder diesen Kloß im Hals. Die gute Laune, die er eben noch hatte, war wie weggeflogen.

»Was willst du?«, knurrte er. Er versuchte, ganz cool zu sein.

Till wich einen halben Schritt zurück.

»Wird's bald?« Matti blickte immer noch nicht hoch.

Er schnürte die Lederarmbänder enger und konzentrierte sich voll darauf.
Niko starrte wie gebannt auf die silbernen Dornen, die an den Armbändern glänzten. Die sahen aus, als würde es ziemlich wehtun, wenn man mit ihnen in Berührung kam. Ihm wurde heiß. Er schluckte.
»Till, wartest du da an der Ecke auf mich? Ich muss nur noch kurz was besprechen.«
»Kennst du den etwa?«, fragte Till fassungslos.
Niko schüttelte verlegen den Kopf. »Nicht direkt.«
»Das Gequatsche ist doch scheiße«, knurrte Matti. »Ich hab nicht viel Zeit.«
Till hob die Arme. Er lächelte und hob die Arme. »Okay, ich geh ja schon. Ich warte vorn an der Ecke, Niko. Bleib cool.«
Niko nickte. Er ließ seine Augen nicht von Matti. Er fragte sich, was der von ihm wollte.
Matti wartete, bis Till mindestens zwanzig Schritte entfernt war. Dann wandte er den Kopf und schaute Niko in die Augen.
»Was hat Jule gequatscht?«, fragte er.
Niko hob die Schultern. Er versuchte zu lächeln. »Nichts, wieso denn? Was soll sie denn gesagt haben?«
»Keine Ahnung, das will ich ja von dir wissen. Du bist mit ihr zur Schule gegangen. Stimmt doch?«
Niko nickte. »Ja, und?«

»Du gehst sonst nie mit ihr zur Schule.«
»Ich kann gehen, mit wem ich will, oder? Das ist eine freie Stadt hier.«
Matti grinste. »Denkst du so, du kleiner Idiot?«
Er ließ seine Faust vorschnellen und hielt sie Niko unter die Nase. »Hat sie gequatscht oder nicht?«
»Worüber denn? Was denn? Sie hat gar nichts gesagt.«
»Natürlich hat sie was gesagt. Ich hab doch gesehen, wie sich die ganze Zeit ihre blöde Zahnspange bewegt hat.«
Niko wusste genau, dass Jule keine Zahnspange getragen hatte, aber er hielt lieber den Mund. Besser einfach abwarten, bis es vorbei ist.
»Damit das klar ist«, sagte Matti. »Klar ist zwischen uns, meine ich.« Er holte tief Luft. »Wir mussten Jule eine kleine Lektion erteilen. Sie hat Scheiße gebaut. Oder besser: Sie wollte Scheiße bauen, und wir haben sie rechtzeitig daran gehindert. Ich will nicht, dass das noch mal passiert, verstanden?«
Niko nickte, dann schüttelte er den Kopf. Er hatte gar nichts verstanden, nicht das Geringste.
»Du hast uns gesehen. Klar. Aber wenn du ein Wort sagst, dann kannst du deine Zähne aus dem Dreck aufsammeln, klar?«
Niko senkte die Augen. »Ich weiß«, flüsterte er.
»Und wenn Jule glaubt, sie kann sich bei dir ausheulen, dann hat sie sich verrechnet. Auch klar?«

Niko schluckte. Er nickte.
»Und von jetzt an hältst du Abstand zu der Zahnspange. Nichts mehr von wegen zusammen zur Schule gehen und auf dem Pausenhof quatschen und so. Du hast mich und die anderen nicht gesehen, hinter der Turnhalle. Und Jule kennst du nicht. Und wenn sie dich noch mal anquatscht, dann gibst du ihr einen Tritt in den Arsch, verstanden?«
Niko schüttelte den Kopf. »Ich meine, wenn ich ... wenn sie ... wie soll ich denn ...«
»Hör auf zu zittern«, zischte Matti. »Mir egal, wie du das regelst. Mir völlig wurscht. Kein Wort mehr zwischen dir und Jule. Und kein Wort über das, was du gesehen hast, zu irgendeinem Menschen. Klar? Oder hast du schon geredet?«
»Nein!«, wisperte Niko. »Nein!«
Matti grinste plötzlich. »Du hast die Hosen gestrichen voll, was? Weißt du, was du bist? Ein Angstscheißer.« Er gab Niko einen heftigen Stoß gegen die Schulter. »Zisch ab, du miese Ratte.«
Niko musste seine ganze Kraft zusammennehmen, um nicht zu rennen. Er wollte nicht kopflos einfach davonlaufen, bloß weil dieser Idiot von Matti ihn fertigmachen wollte. Er ließ sich nicht fertigmachen. Nicht von dem. Nicht so schnell. Da vorne wartete Till. Er hatte die ganze Zeit aus den Augenwinkeln gesehen, dass Till auf ihn wartete. Er könnte wetten, dass

Matti es auch gesehen hatte. Deshalb war vielleicht nichts passiert. Deshalb hatte Matti ihn in Ruhe gelassen. Einigermaßen in Ruhe.
Niko zitterte, als er Till eingeholt hatte. Aber er grinste, um das Zittern zu verbergen.
»Was wollte der Typ?«, fragte Till.
»Keine Ahnung. Hab nichts kapiert«, murmelte Niko.
»Ist auch besser«, meinte Till. »Der sieht genauso aus wie die Typen, denen man nicht im Tunnel begegnen will, was?« Er lachte.
Niko lachte auch, ein bisschen gequält. »Genau.«
»Also, bei McDonald's feierst du Geburtstag«, sagte Till nach einer Weile. »Das ist so stark! Oh Mann, richtig stark! Ich freu mich riesig! Mann, wie lange hab ich nicht mehr die Pommes von McDonald's gegessen. Erzähl noch was. Was geht da so ab auf deiner Geburtstagsfete?«
Aber plötzlich hatte Niko keine Lust mehr, über seinen Geburtstag zu reden. Er war froh, als Till sich an der Kreuzung von ihm verabschiedete.
Mindestens zehnmal schaute Niko sich auf den restlichen fünfhundert Metern um, ob Matti ihnen gefolgt war. Aber Niko konnte ihn nicht entdecken.

»Niko?«, rief seine Mutter. »Bist du's?« Ihre Stimme kam aus dem Schlafzimmer.

Niko ließ seine Schultasche fallen und ging zu ihr. Seine Mami hatte gerade beide Arme in einem frischen Bettbezug und versuchte, die Daunendecke hineinzuschieben. Sie lachte ihn an. »Ich stell mich immer so blöd an. Hilfst du mir mal?«

»Klar«, sagte Niko.

Er kroch fast in den Bettbezug und schob die Ecken der Daunendecke in die Zipfel des Bezuges. Als er wieder auftauchte, war das Gesicht seiner Mutter ganz nah. Ihre Augen blitzten fröhlich. Sie hatte gute Laune. Sie beugte sich vor und gab ihm einen Kuss. Und er drückte ihr noch einen Kuss auf den Mund, als sie sich schon wieder aufrichtete.

»Hallo!«, rief sie überrascht. »Das habe ich aber lange nicht erlebt!«

Niko bekam einen roten Kopf. Seine Mutter sollte eigentlich nicht merken, wie sehr er sich freute bei ihr zu sein.

»Ich hab eine Drei in der Mathearbeit«, sagte er, fast schüchtern.

»Eine Drei? Aber Niko, das ist ja wunderbar! Willst du Daddy anrufen und ihm das sagen? Ich wette, der freut sich noch mehr als ich! Er hat gestern den ganzen Abend von der Mathearbeit gesprochen.«

»Kann man ihn denn jetzt anrufen?«, fragte Niko, ein bisschen unsicher.

»Ha, er hat eine neue Büronummer. Er ist Abteilungs-

leiter geworden. Er hat sogar eine Sekretärin! Du kannst ihm gleich gratulieren.«
Niko strahlte. Das freute ihn wirklich für seinen Daddy. »Wow!«, rief er. »Daddy hat's geschafft!«

Die Sekretärin hieß Theresa Dauber und hatte eine Stimme wie süßer Pudding.
»Kann ich meinen Daddy mal kurz sprechen?«, fragte Niko.
»Ah! Dann bist du also der Junior! Dein Papi hat mir schon von dir erzählt! Aber natürlich, ich stell gleich durch. Er spricht noch auf der anderen Leitung, wartest du eine Sekunde, bitte? Er freut sich bestimmt!«
Niko verdrehte die Augen. Er wandte sich zu seiner Mami um. »Die quatscht ja vielleicht.«
»Psst!«, machte seine Mutter. »Sie hört dich doch.«
»Nein, sie hat doch umgeschaltet. Aber ich glaube, sie ist eigentlich ganz nett.«
»Nett bestimmt.« Seine Mutter strahlte. Jetzt verstand Niko auch, wieso sie so gute Laune hatte: weil sein Daddy den Job bekommen hatte, auf den er schon so lange spekulierte. Wirklich toll.
»Nils Zimmer«, sagte eine Stimme, ganz forsch, energisch. So kannte er seinen Vater gar nicht.
»Daddy!«, schrie Niko ins Telefon. »Herzlichen Glückwunsch!«
Sofort änderte sich der Tonfall seines Vaters, wurde

sanft, irgendwie privat. »Hallo, Junior. Mami hat es dir also schon erzählt? Sollte doch heute Abend die Überraschung werden. Ich wollte mit euch feiern, beim Italiener.«

»Können wir doch trotzdem!«, rief Niko. »Ich hab nämlich auch was zu feiern.«

Eine kleine Pause. »Lass mich raten«, sagte sein Vater.

»Okay.« Niko wartete.

»Du hast ... du hast ... du hast die Mathearbeit schon zurück?«

Niko nickte, obwohl das sein Vater ja durch die Telefonleitung nicht sehen konnte. Er lachte.

»Richtig?«, fragte sein Vater.

»Richtig«, brüllte Niko. »Und ich habe eine Drei!«

»Hallo!«, rief sein Vater, »das ist ja eine richtig gute Nachricht!«

»Zwei richtig gute Nachrichten an einem Tag!«, rief Niko. »Eine für dich und eine für mich!«

»Für uns alle, für Mami, mich und dich zwei gute Nachrichten.« Sein Vater machte eine Pause, dann sagte er, etwas leiser (wahrscheinlich, damit die Sekretärin ihn nicht hörte): »Und wirklich nicht gespickt?«

Niko schüttelte den Kopf.

»Was sagst du, Junior?«

Niko räusperte sich. Er sprach laut und deutlich. »Weißt du doch.«

»Nein, weiß ich nicht. Du hast wirklich nicht irgendwo abgeschrieben?«
Niko dachte einen winzigen Augenblick an das Zimmer bei der Turnhalle, er schloss die Augen, er wollte das Bild weg haben aus seinem Kopf. Er schüttelte wild den Kopf. »Ich hab nicht abgeschrieben, Daddy.«
Das stimmte sogar. Das war keine Lüge. Er atmete tief durch.
»Junior, heute Abend wird gefeiert! Und jetzt gib mir mal die Mami, ja?«
Niko strahlte. »Tschüss, Daddy«, und er gab den Hörer seiner Mutter.

Niko hatte die Einladungskarten unterschrieben. Sein Vater hatte die Karten auf dem Computer in der Firma entwerfen lassen.

Niko feiert seinen zehnten Geburtstag!

hieß die Überschrift. Und der Text lautete:

Mit Pommes bis zum Abwinken!
Und alles, was es sonst noch gibt.
Und ganz vielen tollen Spielen!
Wann?
Mittwoch, den 12., um 16 Uhr.
Wo?
Im McDonald's am Rathausplatz.

Die Einladungen hatte Niko jeweils in einen Umschlag gesteckt und den Namen des Freundes draufgeschrieben: Jonas, Ismail, Till, Roberto, Benjamin, Chris.

Einen Augenblick hatte er überlegt, ob er auch Jule einladen sollte.

Aber dann hatte Niko gedacht, wenn ich Jule einlade, dann zerreißen sich die anderen das Maul. Dann wird bloß groß darüber geredet.

Keiner von seinen Freunden hatte ein Mädchen zu seiner Geburtstagsfete eingeladen. Bei Till war es etwas anderes. Seine Schwester hat einen Tag vor ihm Geburtstag, sie ist zwei Jahre älter, und die beiden feiern immer zusammen. Aber eigentlich doch getrennt. Till hat mit seinen Freunden etwas gemacht und seine Schwester mit ihren Freundinnen. Nur die große Pizza-Tafel, die war für alle zusammen gewesen, in einem weißen Zelt im Garten. Und ganz zum Schluss haben sie zusammen Luftballons steigen lassen, jeder konnte seinen mit einem weißen Stift bemalen. So etwas wollte Niko auch machen, das hatte er mit seiner Mutter schon besprochen. Er wollte eine Friedenstaube auf den Luftballon malen, wie er sie auf dem Kirchentag gesehen hatte. Aber er war sich nicht sicher, ob er die Taube gut hinkriegte.

Sein Vater hatte vorgeschlagen, er solle einfach FRIEDEN schreiben. Aber das fand Niko albern, dann schon PEACE, das englische Wort.

»Ihr habt doch noch gar nicht Englisch«, hatte sein Vater gemeint.
»Peace«, hatte Niko erwidert, »das ist doch ein Wort, das jeder kennt. Peace und love und kiss und girl und boy, das kommt doch in jedem Song vor.«

Niko steckte die Einladungen in seine Schultasche und ging los. Die Straße war menschenleer.
Jule wartete nicht auf ihn. Das war gut so. Vielleicht hatte Matti ihr auch eingeschärft, dass sie nicht mehr mit Niko reden durfte. Vielleicht hielt sie sich dran, wartete, bis Niko die Straße entlanggekommen war, und ging erst dann los.
Niko drehte sich auf dem Schulweg niemals um. Möglich, dass sie immer fünfzig oder hundert Schritte hinter ihm war. Nicht wichtig.
Er freute sich darauf, die Einladungen zu verteilen. Eigentlich wussten sie alle schon, dass er Geburtstag hatte und wer eingeladen würde. Aber so eine schriftliche Einladung war noch mal etwas ganz Besonderes, fand er.

Wie er es vorausgesehen hatte, kamen sie nach der Stunde alle an seinen Tisch, umringten ihn und strahlten ihn an und wollten sich bedanken. Natürlich sagte keiner ab. Geburtstagseinladungen sagt man nicht ab.

Selbst wenn man an dem Tag Schwimmen hat oder Nachhilfe oder zum Arzt muss – dann wird das verschoben. Das ist einfach so. Geburtstagsfeten gehen vor. Immer.
Niko konnte die Eltern nicht verstehen, die ihre Kinder nicht zu einer Fete ließen, nur weil am nächsten Tag eine Arbeit geschrieben wurde. Er fand das richtig unmenschlich. Seine Eltern würden nie auf die Idee kommen, ihm so was anzutun.

In der großen Pause musste er mit dem Religionslehrer etwas besprechen. Deshalb konnte er erst später auf den Schulhof. Schon vom Flur hörte er den Lärm an der Milchausgabe.
Jule wartete auf ihn hinter der Glastür. Sie war ganz blass. Sie lehnte an der Wand.
Niko blieb stehen. »Hey! Hast du einen Geist gesehen?«
»Die wollen mich fertigmachen«, flüsterte sie.
»Was?«, fragte Niko, sein Herz schlug. Er ahnte, was sie meinte, aber er fragte trotzdem noch mal: »Was?«
»Matti und seine Clique. Du weißt doch!«
Niko sagte nichts. Er wartete.
»Ich war in der Bücherei. Und sie haben mich durch die Fenster gesehen. Und als ich rauskam, haben sie mich umringt und gesagt, dass sie Bescheid wüssten.«
Jule fing an zu weinen.

Niko kapierte überhaupt nichts mehr. »Was denn – Bescheid wissen?«, fragte er.
»Die Polizei hat eine Spur«, flüsterte Jule.
»Polizei? Wieso denn Polizei?«
»Weiß ich auch nicht. Sie haben gesagt, die Polizei hätte eine Spur, und das kann nur ich gewesen sein.«
»Du?« Niko kam sich immer blöder vor.
»Ja, weil ich doch gesehen hab, wie Matti das Auto geknackt hat, in der Tiefgarage.«
Jetzt zitterte Jule am ganzen Körper.
Am Ende des Ganges tauchte der Mathelehrer auf. Er lächelte ihnen zu und breitete die Arme aus, als wolle er sie wie eine Gänseschar nach draußen scheuchen.
»Die Sonne scheint, liebe Leute«, rief er. »Und ich habe hier Aufsicht. Und wenn ich Aufsicht habe und die Sonne scheint, dann bleibt keiner in den muffigen Fluren. Also, hopp, hopp!« Er lachte.
Niko verzog das Gesicht. Jule wischte sich die Tränen aus den Augen. Herr Krause tat, als würde er das nicht sehen. Vielleicht denkt er, sie hat Liebeskummer, ging es Niko durch den Kopf.
Herr Krause blieb stehen. Er wartete, dass sie auf den Schulhof gingen.
»Ich hab Angst!«, flüsterte Jule. »Ich will nicht raus. Ich weiß genau, dass die da auf mich warten!«
»Auf dem Schulhof? Jetzt?«, flüsterte Niko. »Das wagen die nicht.«

»Also, was ist?«, rief Herr Krause, schon ein bisschen energischer. »Eure Probleme könnt ihr ebenso gut draußen besprechen, möchte ich annehmen.«
Niko nickte dem Lehrer zu. Er schob Jule nach draußen. Sie schniefte.
»Hast du ein Taschentuch?«
Niko hatte zufällig noch ein sauberes Papiertaschentuch. Er gab es ihr.
Sie standen jetzt vor den Glastüren, auf dem Pausenhof. Die Sonne schien so grell, dass Niko für einen Augenblick gar nichts sah. Er blinzelte. Jule schnäuzte sich unentwegt, als sei ihr ganzer Kopf voller Rotz. Vielleicht war es auch nur Angst oder Verlegenheit.
Herr Krause ging an ihnen vorbei und war im nächsten Augenblick nicht mehr zu sehen.
Auf dem Schulhof das übliche Gekreische, Gerenne und Geschrei.
»Der Matti hat ein Auto geknackt?«, fragte Niko. Er konnte es nicht fassen.
Der Matti ging doch noch zur Schule! Der war höchstens vierzehn! Vielleicht erst dreizehn.
»Ein richtiges Auto?«
»Na klar, ich hab's doch gesehen. Ich wollte mein Fahrrad aus der Garage holen, und da hab ich sie erwischt. Und sie wissen, dass ich es weiß. Deshalb machen sie mich doch fertig, damit ich sie nicht

verpfeife, bei der Polizei. Und deshalb wollen sie ja auch nicht, dass ich mit jemandem rede.«

»Zum Beispiel mit mir.« Niko begriff langsam.

Matti hatte ein Auto geknackt! Und die Polizei war auf der Suche nach dem Täter. Vielleicht hatten sie Spuren, Fingerabdrücke. Aber die Fingerabdrücke nützen ja nur was, wenn man sie an einem Menschen, an dem Täter, überprüfen kann. Und Jule wusste, wer der Täter war. Sie brauchte bloß der Polizei zu sagen . . .

»Die Polizei will jetzt alle Leute befragen, die ihre Autos da untergestellt haben«, sagte Jule. »Die kommen auch zu uns. Ganz klar. Matti weiß das. Er hat gesagt, er macht mich fertig, wenn ich sie verrate.«

»Kann er doch gar nicht«, murmelte Niko. Aber seine Stimme klang nicht sehr überzeugend.

Jule schaute ihn an. »Weißt du, was ich gedacht hab? Du könntest zur Polizei gehen und das erzählen.«

»Ich? Was soll ich denn erzählen?«

»Das, was ich dir sage, was ich gesehen hab. Dich verdächtigen Matti und seine Leute doch nicht. Du bist doch völlig okay.«

»Nein«, sagte Niko, »ich bin nicht okay.«

Es klingelte.

Jule hielt ihn fest, als er ins Haus wollte. »Kannst du das für mich tun, bitte?«, flüsterte sie. »Dann sperren sie Matti und seine Leute ein, und ich kann wieder ruhig zur Schule.«

Niko riss sich los. Er hatte jetzt wirklich genug gehört.
»Ich kann dir nicht helfen«, sagte er kühl. »Tut mir leid. Frag einen anderen. Aber mich nicht. Ich bin der Falsche.« Er drehte sich um und ging weg. Er hörte noch, wie Jule ihn rief.
»Niko! Bitte!«
Aber er schaute sich einfach nicht um. Er steckte die Hände in die Hosentaschen und schlenderte ganz cool, wie ein Junge, der überhaupt keine Probleme hat, zum Werkraum.

Der Raum, in dem der Zeichen- und Werkunterricht stattfanden, war eigentlich eine Dachkammer, ein Dachboden, der erst später ausgebaut worden war, als die Schule zu klein wurde. Mit Dachluken durch die man den Himmel sehen konnte, vorbeifliegende Wolken und manchmal den Schweif eines Flugzeuges, eine lange weiße Linie im blauen Himmel, die zum Träumen verleitete. Beim Werken ging Nikos Fantasie immer auf Reisen.

Niko mochte den Raum besonders gern. Er roch nach dem Holz der Balken und Stützen, nach Malerfarbe und Knetmasse, er roch einfach nicht richtig nach Schule. Niko war kein großer Künstler, aber Zeichnen und Werken machten ihm Spaß.

Niko stand am Fenster und begutachtete den Druck, den er aus einem Kartoffelstempel gemacht hatte. Vielleicht war das Rot zu rot. Er hätte es mit Grün versuchen sollen. In Grün würde es besser wirken. Er schaute sich um, aber die Kunstlehrerin war gerade mit Svenja beschäftigt. Svenja war in Kunst eine Niete.

Niko wollte gerade zu seinem Arbeitsplatz zurückgehen, als er die Sirene hörte.
Dieses lang gezogene Jaulen, dieser Heulton, der einem durch Mark und Bein ging.
Er schaute aus dem Fenster. Von diesem Fenster aus konnte man über die Ossietzky-Schule sehen, über das hässliche Flachdach, bis zu der Bücherei. Hinter dem Dach der Schule ragten die Lichtmasten des Sportplatzes empor.
Ein Krankenwagen näherte sich in rasender Fahrt. Niko sah, wie zwei Sanitäter in weißen Kitteln mit rotem Aufdruck heraussprangen, obwohl der Wagen noch gar nicht zum Stehen gekommen war, und auf die Schule zurannten. Nein, nicht auf die Schule, auf den Parkplatz.
Niko stellte sich auf die Zehenspitzen. Der Parkplatz der Ossietzky-Schule, auf dem die Lehrer ihre Autos abstellten und manche Schüler ihre Mofas und Fahrräder, war halb verdeckt von drei Kastanien.
Niko sah, wie die weißen Kittel sich bewegten, und dann sah er nichts mehr.
Auch die anderen Schüler drängelten sich an seinem Fenster, schubsten sich gegenseitig.
»Was ist denn los?«, rief Till.
»Keine Ahnung«, Niko räusperte sich, »da ist ein Sani-Auto gekommen.«
»Kinder, setzt euch doch wieder hin!«, rief die Kunst-

lehrerin. »Wieso seid ihr immer so neugierig? Das ist doch schrecklich. Vielleicht ist ein alter Mensch einfach umgefallen, hat einen Herzanfall bekommen, wird jetzt schnell ins Krankenhaus gefahren.«

Ismail, der an dem anderen Fenster Ausschau hielt, rief: »Das ist aber kein alter Mensch. Das ist ein Mädchen.«

Jetzt stürzten alle zu Ismails Fenster.

»Leute«, rief Nadine, »das ist die Jule!«

Nikos Herzschlag setzte aus.

Er blieb an seinem Fenster stehen, von dem aus er nichts sehen konnte, nur einen Krankenwagen mit offenen Türen.

Die anderen redeten durcheinander, er verstand nichts, ein Silbenbrei, ein Wortstrom, der keinen Sinn machte.

Dann sah er die beiden Sanitäter, als sie zum Auto zurückgingen. In ihrer Mitte schleppten sie ein Mädchen, das genauso aussah wie Jule. Sie ließ die Beine hinter sich herschleifen, als könne sie nicht mehr gehen. Und ihr Kopf fiel nach vornüber, sodass er auch ihr Gesicht nicht sehen konnte.

Der Fahrer stieg auch aus und lief nach hinten, öffnete die Tür, sie schoben eine Bahre raus, legten Jule auf die Bahre.

Dann erst sah Niko das Blut.

Alles rot.

Er wich vom Fenster zurück, er musste sich festhalten, ihm war übel.
Mit weichen Knien ging er zu seinem Platz und setzte sich.
Sein Druck war ihm aus der Hand geflattert und lag auf dem Boden. Die anderen trampelten darauf herum. Es war ihm egal.
Einen Moment später hörte man wieder die Sirene. Erst ganz laut, jaulend, dann immer leiser, und schließlich war gar nichts mehr zu hören, außer der Stimme der Lehrerin, die rief: »Jetzt ist aber wirklich Schluss, Kinder! Geht wieder an eure Arbeit! Was da draußen passiert, geht uns nichts an.«
Niko schloss die Augen.
Falsch, dachte er, ganz falsch. Das geht uns eine Menge an.

Niko nahm einen Umweg, um nicht an Jules Haus vorbeizugehen. Er musste, um von der anderen Seite in seine Straße einzubiegen, den weiten Weg über die Henninger Straße und die Frederichstraße gehen, vorbei an der alten, stillgelegten Fabrik, einem dunkelroten Backsteingebäude hinter einer hohen, düsteren Mauer. Dieses riesige Gebäude mit eingeschlagenen Fensterscheiben und dem vielen Schrott, den man durch die Eisengitter der großen Tore erkennen konnte, flößte Niko immer Furcht ein. Schon deshalb hätte

er freiwillig eigentlich nie diesen Weg gewählt, auch wenn es kein Umweg wäre.
Aber heute war ihm das lieber.
Ob sie Jule in ein Krankenhaus brachten? Was sie jetzt wohl mit ihr machten?
Vielleicht hatte sie nur Nasenbluten, vielleicht kam das ganze Blut vorn auf ihrer Bluse nur davon. Niko hatte auch einmal heftiges Nasenbluten bekommen, bei einem Volleyballspiel, als er mit Till zusammengeprallt war. Eine Woche lang hatte er Kopfschmerzen gehabt, und wenn er sich ausschnupfen musste, hatte die Blutung sofort wieder angefangen. Das Blut war wie Wasser aus seiner Nase gelaufen, auf die Fliesen im Bad, den Teppich im Flur. Sobald er das Wattebäuschchen herauszog, ging es wieder los. Er konnte sich gut daran erinnern.
Vielleicht ist es nur Nasenbluten, dachte er.
Er versuchte, ein Lied zu pfeifen. Nur so, um sich in bessere Stimmung zu bringen. Er spitzte den Mund, aber seine Kehle war irgendwie zu trocken. Summen war besser. Er summte ein Lied. Aber das machte auch keinen Spaß. Davon wurde die Stimmung nicht besser. Mit einem Krankenwagen war er noch nie gefahren.
Das war Matti, dachte er, er hat das gemacht. Er hat Jule zusammengeschlagen. Er und seine fiesen Freunde. Was soll ich bloß machen?

Seine Mutter saß am Küchentisch. Sie hatte große grüne Efeublätter im Park gepflückt, und darauf schrieb sie jetzt Namen mit einem silbernen Filzstift. Jeder seiner Gäste würde eine eigene Tischkarte haben! Als Niko in der Tür stand, nahm sie gerade ein Blatt hoch und pustete darauf, bis die Schrift getrocknet war.

Die Arbeit machte ihr Spaß. Sie hatte immer noch gute Laune. Alles, weil Nikos Daddy Abteilungsleiter geworden war.

Das Abendessen bei dem Italiener war schön gewesen, richtig schön. Er hatte Spaghetti mit Tomatensoße gegessen und hinterher ein Tiramisu und hatte zwei Cola getrunken. Sein Vater und seine Mutter hatten gelacht und rumgealbert mit ihm, wie früher. Früher waren sie oft weggefahren, sonntags oder in den Ferien. Da hatten sie im Auto Lieder gesungen oder Quatsch gemacht, irgendwelche Spiele. »Ich sehe was, was du nicht siehst, und das ist grün.«

»Die Wiese!« Niko hatte auf eine Koppel gezeigt, an der sie gerade vorbeifuhren.

»Falsch«, hatte sein Vater gesagt und lachend auf das Lenkrad getrommelt.
»Mamis Rock!«, hatte Niko gerufen. Und das war richtig gewesen. Und dann war Niko dran. »Ich sehe was, was du nicht siehst, und das ist rot . . .«
Blut, dachte Niko, als ihm das Spiel einfiel. Jules Blut. Nasenbluten. Blut im Gesicht. Blut auf der Bluse.
Ein Scheißspiel. Er musste an was anderes denken. An den Italiener. Der Abend beim Italiener. Schön war es gewesen. Seine Eltern hatten ihm gegenüber gesessen und sich manchmal an der Hand gehalten und immer mit ihren Weingläsern angestoßen, richtig wie ein Liebespaar. Das war ihm ein bisschen peinlich, aber er fand es auch schön. Er schaute sich immer um, ob die anderen Gäste das auch sahen, aber niemand beachtete sie. Zwei Musiker kamen später ins Lokal, gingen von Tisch zu Tisch und spielten. Normalerweise fand Nikos Vater so was aufdringlich. Straßenmusikanten. Er sagte immer, er fühle sich durch so was belästigt.
»Wieso denn belästigt?«, fragte seine Mutter dann. »Die suchen doch nur eine Möglichkeit, um ein bisschen Geld zu verdienen. Vielleicht sind es Studenten.«
»Ach was, das sind meistens Leute, die dem Sozialstaat auf der Tasche liegen.« Solche Gespräche führten sein Daddy und seine Mami oft, und dann hörte Niko einfach nicht mehr zu. Dieser ganze Politikkram. Er verstand nicht, wieso die Erwachsenen sich deshalb

immerzu streiten mussten. Aber gestern Abend war es anders gewesen. Sein Daddy hatte gefragt: »Können Sie denn auch ›Amore mio‹?«, und die Musiker hatten gelacht und genickt und das Lied gespielt. Das war das Lieblingslied seiner Mami, ein italienischer Popsong, der vor zehn Jahren oder so mal in den Charts gewesen war, sagte seine Mami jedenfalls. Sie hatten sich aneinandergelehnt und das Lied angehört und sein Daddy hatte mit den Locken seiner Mami gespielt und Niko war das alles mega-peinlich gewesen, aber dann hatte er es doch wieder lustig gefunden.

Vielleicht dachte seine Mami immer noch an den Abend, denn sie summte »Amore mio«, als Niko in der Mikrowelle nachsah, was es zu essen gab.

»Was ist das denn?« Niko schaute auf die Schüssel mit dem komischen Durcheinander.

»Gemüsesuppe«, sagte seine Mami und summte weiter.

»Die sieht aber eklig aus.« Niko machte die Tür der Mikrowelle wieder zu.

»Die sieht überhaupt nicht eklig aus, sondern sehr gesund. Da sind lauter vitaminreiche Sachen drin.«

Niko ging zum Kühlschrank, nahm sich einen Fruchtjoghurt heraus und aß ihn.

»Nichts Süßes vor dem Essen«, sagte seine Mami. »Wie findest du die Tischkarten?«

»Klasse«, sagte Niko.

»Komm, stell die Mikrowelle an. Die Suppe schmeckt lecker, wirklich.«

Niko stand seufzend auf und stellte den Apparat an.

»Und sonst?«, fragte seine Mami.

»Was sonst?« Niko kratzte den Joghurtbecher leer, sehr konzentriert.

»Was gibt es Neues?«

»Eigentlich nichts«, sagte Niko.

»Bei euch gibt es wohl nie was Neues.« Seine Mutter pustete die Schrift trocken und schaute ihn an. Es war die letzte Tischkarte. Jetzt lagen alle sorgfältig nebeneinander am Ende des Tisches. Es sah richtig toll aus.

»Ich glaube, Jule ist was passiert«, sagte Niko. »Aber ich weiß es nicht genau.«

»Der Jule aus unserer Straße? Der aus deiner Parallelklasse?«

Niko nickte. »Juliane Bremer heißt sie, wir sagen aber alle Jule. Eigentlich wollte ich sie auch zu meiner Party einladen. Aber dann wollte ich doch nicht.«

»Und wieso wolltest du nicht?«

»Weißt du doch«, sagte Niko. »Mädchen sind blöd.«

Seine Mutter lächelte und schüttelte den Kopf. »Du spinnst doch.«

Niko deckte den Tisch, bevor seine Mutter ihn dazu aufforderte. Er schöpfte die Suppe mit einer Kelle aus dem Topf in die Schüssel, stellte zwei Teller hin, legte die Suppenlöffel daneben, holte die Gläser und das Mineralwasser.

Seine Mutter beobachtete jede seiner Bewegungen.

»Und?«, fragte sie ungeduldig. »Was ist mit Jule?«

Sie setzten sich gegenüber. Das waren mittags ihre Stammplätze: Seine Mutter schaute auf den Schrank und er auf die Spüle. Aber wenn sie den Kopf ein bisschen drehten, konnten sie durch das Fenster auf den Hinterhof sehen und das gegenüberliegende Dach, auf dem die Tauben saßen, sich aufplusterten und gurrten.

»Mann, ist die Suppe heiß!« Niko ließ den Löffel fallen. »Ich hab mir den Mund verbrannt!«

»Du sollst ja auch reden!«

»Na ja, der Krankenwagen hat sie abgeholt.«

»Ein Krankenwagen? So schlimm ist es gewesen?«

»Keine Ahnung.« Niko beugte sich über seinen Suppenteller und pustete, so musste er seine Mutter nicht ansehen. »Sie hat nicht auf der Bahre gelegen. Sie konnte gehen. Die beiden Sanis haben sie festgehalten, rechts und links.« Und ihr Gesicht war voll Blut, dachte er, aber er sagte es nicht. Er wollte sich daran nicht erinnern. Überhaupt hatte er eigentlich gar keinen Hunger. Er schob den Teller von sich weg.

»Du musst essen«, sagte seine Mutter. »Was glaubst du denn, was passiert ist?«

»Kann ich hellsehen?«
»Niko, rede vernünftig mit mir.«
»Keine Ahnung. Vielleicht ist sie gestürzt.«
»Möglich.«
»Oder mit jemandem zusammengerasselt.«
»So wie du damals, meinst du?« Seine Mutter dachte jetzt bestimmt an das Gleiche wie er. An den Unfall beim Volleyball, wie er mit Till zusammengeprallt war.
»So ungefähr«, sagte Niko.
»Willst du denn mal hingehen und fragen, wie es ihr geht?«
Niko starrte seine Mutter an. »Wieso das denn?«
»Na, vielleicht freut sie sich, wenn du dich um sie kümmerst. Du hast doch gesehen, wie sie . . .«
Niko schob seinen Stuhl zurück, heftig. Seine Stimme war zu laut, das merkte er selbst. »Ich hab überhaupt nichts gesehen! Ich weiß überhaupt nichts! Gar nichts!«
Seine Mutter schaute ihn verwirrt an. »Was hast du denn auf einmal? Wieso bist du so wütend?«
»Ich bin überhaupt nicht wütend! Die Suppe schmeckt nicht.« Niko sprang auf. Er wollte aus der Küche laufen, aber seine Mutter hielt ihn fest, am Handgelenk. So lange, bis er sich zu ihr umdrehte.
»Wieso weinst du denn?«, fragte sie verwirrt. »Was ist los, Niko?«

»Nichts, überhaupt nichts. Mir ist vorhin was ins Auge geflogen.«

»So? Was denn?«

»Keine Ahnung. Eine Fliege oder so was.«

»Komm mal her.« Seine Mutter zog Niko zu sich heran. »Lass mal sehen. Dreh doch nicht den Kopf weg.«

Aber Niko riss sich los. Er wollte sich von seiner Mutter nicht in die Augen sehen lassen. Er wollte sich überhaupt nicht anfassen lassen. Er war völlig durcheinander.

»Dann setz dich, und iss deine Suppe zu Ende«, sagte seine Mutter sanft. »Ich hör auch auf, so viele Fragen zu stellen.«

Niko schnaubte, setzte sich aber wieder hin. Er aß. Während der ganzen Zeit spürte er den Blick seiner Mutter. Aber er hatte den Kopf gesenkt. Sie konnte ihm nicht ins Gesicht schauen, nicht wirklich.

Als der Teller leer war, gurgelte er ein ganzes Glas Mineralwasser herunter, stellte den Teller in die Spüle, dann das Glas und verließ stumm die Küche.

Seine Mutter schaute ihm nach. »Hast du vielleicht Liebeskummer?«, rief sie.

»Klar«, brummte Niko. Und schlug die Tür hinter sich zu.

Am nächsten Morgen wachte er auf, und seine Mami und sein Daddy standen vor seinem Bett und sangen »Happy birthday, dear Niko, happy birthday to you!«.

Seine Mutter hatte eine dicke Kerze in der Hand und sein Daddy ein großes Paket, das legten sie ihm mitten auf den Bauch.

Niko war sofort hellwach. Er setzte sich aufrecht. Seine Mutter stopfte ihm die Kissen in den Rücken, und sein Daddy holte eine Schere für das Geschenkband, aber seine Mutter sagte: »Nicht das schöne Band einfach durchschneiden. Lass ihn doch die Knoten aufmachen.«

»Ich bin so aufgeregt!«, rief Niko.

»Dazu hat er doch gar keine Geduld, für die vielen Knoten. Ich weiß doch, wie das am Geburtstag ist«, sagte sein Vater.

Niko schaute seine Eltern an. Er ahnte, was im Paket war. »Na«, fragte sein Daddy, »kannst du raten?«

Niko wollte ihm nicht die Vorfreude nehmen und schüttelte den Kopf. »Keine Ahnung, echt«, sagte er.

Seine Mutter lachte. »Aber du hast es dir mal gewünscht.«
»Ich kann mich nicht erinnern«, log Niko.
Er knotete das rot-weiß gestreifte Band auf und zog vorsichtig den Tesastreifen von dem geblümten Geschenkpapier. Dann öffnete er den Karton. Er schaute hinein. »Wow!«, rief er. »Inline-Skates! Wow!«, und hüpfte aus dem Bett seinem Daddy direkt in die Arme. »Danke, Daddy, oh danke. Die hab ich mir ganz toll gewünscht!«
»Bedanke dich bei deiner Mami, die hat das Geschenk vom Haushaltsgeld abgespart«, sagte sein Vater, und Niko flog seiner Mami an den Hals. Geburtstage waren toll.
»Im Wohnzimmer gibt es noch mehr«, sagte seine Mutter. »Aber das sind praktische Sachen.«
»Ist doch toll!«, rief Niko. Er rannte barfuß ins Wohnzimmer. Da stand ein Napfkuchen und in den waren zehn Kerzen gesteckt. Kerzen mit roten Herzen und grünen Kleeblättern, wie Niko sie schon zu seinem vierten, sechsten, zu seinem siebten und achten Geburtstag bekommen hatte. Kinder-Geburtstagskerzen. Genau die hatte er wieder bekommen.
Dabei war er jetzt zehn. Ab zehn ist man doch kein Baby mehr! Ab zehn feiert man Partys bei McDonald's oder in Kellern. Da tanzt man schon auf den Klassenfeten, aber seine Mutter steckte immer noch Herz-

chen- und Kleeblattkerzen in einen Napfkuchen. Von solchem Kuchen wurde ihm sowieso immer schlecht. Er stand vor dem Kuchen und merkte, dass ihm die Tränen kamen. Sein Daddy legte eine Hand auf seine Schulter und sagte: »Na, Junior, tolles Gefühl, wenn man wieder ein Jahr älter ist, was?«
Niko nickte. Er schluckte. Er wollte seine Tränen wegwischen, aber dann hätte sein Vater was gemerkt. Er blinzelte.
»Ich hoffe«, sagte sein Daddy, »dass dies für dich ein ganz tolles Jahr wird. Du kommst auf eine neue Schule, wer weiß, vielleicht sogar aufs Gymnasium . . . oder die Realschule . . .«
»In jedem Fall ja die Ossietzky«, sagte seine Mutter. Sie kam gerade mit der Kaffeekanne ins Wohnzimmer. Der Frühstückstisch war im Wohnzimmer gedeckt, weil es da feierlicher war.
Niko wirbelte herum. »Nicht die Ossietzky! Die nicht!«, schrie er.
Seine Eltern starrten ihn an. »Was ist denn jetzt auf einmal los?«, fragte sein Daddy.
»Hast du geweint?« Seine Mutter stellte die Kanne ab und kam auf ihn zu. Dass Mütter immer alles merken müssen! Er hätte im Boden versinken können. Er schüttelte heftig den Kopf und machte eine hastige Bewegung mit dem Schlafanzugärmel vor dem Gesicht.

»Quatsch!«, sagte er.
»Da ist noch ein Geschenk von deiner Oma und von Tante Uschi.« Seine Mutter deutete auf die beiden Päckchen neben dem Napfkuchen.
Niko hatte sie schon gesehen, aber er wollte sie später auspacken. Er wusste, was in den Päckchen war: Von seiner Oma bekam er immer einen Schlafanzug aus Flanell, so einen ähnlichen, wie Opa ihn getragen hatte. Seine Oma nähte ihn selber auf der Nähmaschine, aus einem Ballen Stoff, den sie einmal ganz billig bei einem Räumungsverkauf erstanden hatte. Hellblaue und weiße Streifen.
Tante Uschi schenkte ihm wahrscheinlich ein Buch. Tante Uschi war Buchhändlerin. Sie fand, dass Jungen viel zu wenig lesen. Wenn sie zu Besuch war, fragte sie Niko jedes Mal: »Was glaubst du, Niko, warum lesen Mädchen viel mehr Bücher als Jungen?«
Niko hatte keine Ahnung. Es war ihm auch ziemlich egal, warum das so war. Aber seine Tante machte sich Gedanken. War ja auch logisch. Wenn die Jungen genau so viele Bücher kaufen würden wie die Mädchen, dann würde sie mehr verdienen.
Niko hoffte, dass es ein spannendes Buch war. Und nicht eins, das einen bloß schlau machte.

Beim Frühstück sagte sein Daddy: »Die Ossietzky-Schule hat einen sehr guten Ruf.«

»Ich will aber nicht in die Ossietzky.« Niko nahm ein Messer vom Frühstückstisch und schnitt damit das Paketband durch. Er hatte sich entschlossen, erst das Geschenk von seiner Oma auszupacken. Vielleicht war es ja doch kein Schlafanzug.

»Und wieso nicht? Was hast du gegen die Schule?«

»Ich hab nichts gegen die Schule«, sagte Niko, »sondern gegen die Typen, die da rumlaufen.«

»Und was ist mit denen?« Seine Eltern schauten ihn jetzt an. Er spürte das. Er riss das Packpapier ab und warf es auf den Boden. Ein Karton. Sah aus wie ein Schuhkarton.

»Die sind scheiße«, sagte Niko.

»Was?«, rief seine Mutter entsetzt. »Die Turnschuhe? Die hast du dir doch gewünscht!«

»Er meint nicht die Schuhe, er meint die Schüler auf der Ossietzky«, sagte sein Daddy. »Habe ich recht?«

Niko hob den Deckel des Kartons.

Turnschuhe. Schwarz! Mit Luftkissensohle! Und Klettverschlüssen! Und Thermostoff!

»Wow! Die sind ja mega-cool! Oh Mann, und ich habe gedacht, ich krieg wieder einen Schlafanzug!«

»Kannst dich bei deiner Mami bedanken«, sagte sein Daddy, »die hat Oma erklärt, dass du noch sehr gut in den alten Schlafanzug vom letzten Jahr passt.«

»Und vom vorletzten«, sagte seine Mutter lächelnd.

Niko flog ihr in die Arme. »Danke, Mami. Die sind

richtig klasse.« Er küsste seine Mutter. Sie wischte sanft eine Träne von seiner Wange.

»Irgendwas ist mit dir«, sagte sie.

Niko machte sich sofort los. Er schaute auf die Uhr.

»Wir müssen frühstücken«, sagte er, »sonst komme ich zu spät.«

Alle seine Freunde kamen mit einem Geschenk für ihn. Und alle hatten sich für die Geburtstagsfeier rausgeputzt. Das fand Niko besonders toll. Sie hatten sich untereinander verabredet, dass sie sich ein bisschen verrückt anziehen wollten, Niko zu Ehren. Till hatte eine neue Baseballkappe auf, vom Formel-1-Rennen (sein Vater hatte einen Freund, der einen Mechaniker bei Ferrari kannte), Ismail war mit weißem Hemd und schwarzer Fliege gekommen und sah aus wie ein Stummfilm-Komiker, Ben hatte Hosenträger mit Mickymäusen drauf.

Der Tisch war auch richtig schön mit den Tischkarten, und neben jeder Tischkarte lagen Wunderkerzen. Seine Mutter fand, dass sie alle die Wunderkerzen anmachen und dazu »Happy birthday« singen sollten.

Niko hatte keine Ahnung, welche Überraschungen sich seine Mutter ausgedacht hatte. Aber sein Daddy hatte schon mal so viel verraten: Es würde jemand kommen und etwas vorführen.

Sie hatten die ganze Ecke bekommen, über ihnen, an der Decke, hingen bunte Luftballons. Und aus den Lautsprechern scholl Rockmusik.
»Geil!« Till stieß Niko in die Seite. »Ich will hier auch meinen Geburtstag feiern.«
Niko wurde rot. Er freute sich richtig. Er kam sich vor wie ein King. Das war sein großer Tag.
Seine Mutter setzte sich nicht mit an den Tisch, das fand er auch cool. Sie sagte, sie wolle ein bisschen im Hintergrund bleiben.
»Also, Leute«, rief Niko, »es gibt Pommes bis zum Abwinken, wie versprochen. Und Hamburger, wer will, mit Käse oder mit Salat, ihr könnt auch Chicken McNuggets haben . . .« Er leierte alles herunter. Seine Gäste lachten, weil er dabei Faxen machte. Niko freute sich richtig. Er kletterte auf den Stuhl und gestikulierte wild herum.
»Also, ich nehm jetzt die Bestellung entgegen.« Er zog ein kleines Notizbuch aus seiner Hosentasche und einen abgebrochenen Bleistift. »Wer will Cola?«
Es ging ziemlich wild her. Ein paar Luftschlangen wurden durch die Gegend geschossen, und natürlich konnte Till nicht abwarten, bis alle ihre Wunderkerzen anzündeten. Er hatte plötzlich ein Feuerzeug hervorgezaubert, und auf einmal sprühten die Funken und alle lachten.
Als Niko mit dem Bestellzettel zur Theke ging, sah

er Matti und seine beiden Freunde. Sie lehnten an der Tür, die Arme verschränkt, und schauten zu ihm hin.

Niko blieb mitten im Raum stehen. Jemand, der mit einem Tablett vorbeiwollte, rempelte ihn an und knurrte: »Mann, du stehst mitten im Weg.«

Matti hatte einen Zahnstocher im Mund, er grinste.

Niko atmete tief durch. Er schaute sich um. Seine Mutter war nicht da. Er sah durch das große Fenster, dass sie zum Auto ging und den Kofferraum aufschloss. Vielleicht hatte sie etwas vergessen.

Niko schaute sich nach seinen Freunden um. Die versuchten, mit den Strohhalmhüllen gegen die Luftballons zu schießen.

Matti stieß sich von der Tür ab und kam auf ihn zu, seine beiden Freunde rechts und links, wie Bodyguards.

Nikos Herz machte einen Satz.

»Hey«, sagte Matti, »große Fete, was?«

Niko nickte, er schluckte.

»Dein Daddy hat wohl einen Haufen Kohle.«

»Quatsch«, sagte Niko.

»Sieht aber ganz so aus. Mann, die fressen sich hier alle auf deine Kosten eine Wampe an, oder?«

»Was wollt ihr?«, flüsterte Niko.

»Nichts«, sagte Mattis Freund. »Muss man immer was wollen?«

»Hast du gehört, was mit deiner Freundin passiert ist?«, fragte Matti.
Niko schüttelte den Kopf.
»Solltest du aber wissen«, sagte der Dritte. »Ist interessant.«
»Wieso? Was denn?«, flüsterte Niko. Er sah durch die Fensterscheibe, dass seine Mutter den Kofferraumdeckel zuschlug und die Fahrertür öffnete. Sie stieg ein.
»Die Jule«, sagte Matti, »kann die Schnauze nicht halten. Die redet zu viel. Das gefällt uns nicht. Ich wette, du weißt, was los ist.«
Niko bekam einen glühend heißen Kopf. »Nein«, murmelte er, »weiß ich nicht.«
»Komm.« Matti fasste seinen Arm fest. Das tat weh. »Sie hat gequatscht. Das seh ich dir doch an. Mann, bist ja rot wie ein Putenhals. Richtig eklig, wie rot du bist.«
»Ich weiß überhaupt nichts!«, zischte Niko. »Lasst mich los.«
Seine Mutter fuhr weg! Sie rangierte aus der Parklücke, wendete und fuhr weg!
Hinter ihm grölten seine Freunde. Till schrie: »Hey, wann kommen die Pommes?«
»Lasst mich los«, flüsterte Niko. »Verdammt, ihr sollt mich loslassen!«
»Wir wissen, dass sie es dir gequatscht hat«, sagte

Matti. »Sie wollte uns zuerst anlügen, aber das ist nicht gelaufen.« Er grinste seinen Freund an.
»Weil sie noch ein paar Zähne behalten wollte«, sagte der feixend.
»Auch wenn sie alle schief sind. Die hat ja nur Schrott im Mund.«
»Sieht scheiße aus, wenn das so blutet«, sagte Matti. »Bestimmt war der ganze Krankenwagen voller Blut.«
»Lasst mich!« Niko schrie jetzt. »Haut endlich ab!«
Jemand vom Personal kam auf sie zu.
»Geh aufs Klo«, murmelte Matti. »Los.«
Niko wusste, dass er keine Chance hatte. Sie waren hinter ihm. Er ging auf die Klotür zu. Er öffnete die Tür. Die drei folgten ihm. Matti drängte ihn gegen die gekachelte Wand. Er zog ein Messer und hielt es ihm unter die Nase.
»Wir haben nichts zu verlieren, klar?«, sagte er.
Niko nickte. Die Panik schnürte ihm die Luft ab.
»Wer Autos knackt, der hat keine Angst, verstanden? Nicht vor kleinen Arschlöchern wie dir.«
Niko nickte wieder. Er starrte auf das Messer. Er hatte Angst, dass er in die Hose pinkeln würde. Er presste die Beine zusammen.
»Wenn das geklärt ist«, sagte Matti und ließ das Messer wieder zuschnappen, »dann kannst du zu deiner Babyparty zurück. Wir bleiben noch ein bisschen da und passen auf, dass du keinen Scheiß machst.«

»Was denn für einen Scheiß? Ich mach keinen Scheiß, hab ich doch versprochen.«
Matti kam mit seinem Gesicht ganz nah zu ihm. »Weißt du was, Kleiner?«, murmelte er. »Ich glaube dir sogar. Ich glaube, du kannst niemandem erzählen, was wir mit Jule gemacht haben. Wenn du nämlich sagst, dass du uns gesehen hast, dann werden die dich fragen, wo du da gewesen bist ... in dem Lehrerraum neben der Turnhalle ... Da hattest du nämlich gar nichts zu suchen, stimmt's?«
Niko wurde kreidebleich. Seine Zähne schlugen aufeinander. Er schaute von einem zum anderen. Die Jungen starrten ihn an, mit ausdruckslosen Gesichtern. Niko nickte erneut. »Lasst mich los, ja? Ich muss pinkeln. Ich mach mir in die Hose. Bitte«, flüsterte er.
Matti lachte. Er gab Niko einen Stoß. »Geh pinkeln, Bettnässer.«

Als Niko zu seinen Freunden zurückging, hatte er das Gesicht gewaschen und die Wangen mit den Fingerknöcheln gerubbelt, damit sie nicht mehr so bleich waren.
Seine Mutter war immer noch nicht zurückgekommen. Und seine Gäste warteten auf die Getränke und das Essen. Er gab schnell die Bestellung auf. Seine Gäste hatten die Wunderkerzen angezündet, und als er zum Tisch zurückkam, sangen sie irgendein blödes

Lied und lachten sich dabei halb tot. Den Text hatten sie gerade gedichtet.
Niemand fragte ihn, was Matti und seine Freunde gewollt hatten. Niemand wunderte sich, dass er so lange auf dem Klo verschwunden war, irgendwie schien es Niko wie ein Wunder, dass alle sich amüsieren konnten und kein Mensch davon Notiz nahm. Niemandem fiel etwas auf. Die Pommes, die Colas und die Hamburger kamen, und sie stürzten sich alle auf das Essen wie hungrige Wölfe. Niko aß auch, aber das Zeug wurde zu einem großen Klumpen in seinem Mund, den er nicht herunterwürgen konnte. Er spuckte alles in eine Serviette, die er unter dem Tisch versteckte. Es war peinlich, und er hatte immer Angst, jemand von seinen Freunden würde drauftreten. Er konnte überhaupt keinen klaren Gedanken fassen.
Matti wusste also Bescheid! Er hatte irgendwie herausbekommen, dass Niko während der Stunde das Klassenzimmer verlassen hatte. Und dass er seine Mathearbeit gefälscht hatte! Er wusste alles!
Die Freunde lachten und aßen und erzählten sich Witze und lagen fast unter dem Tisch vor Vergnügen.
Seine Mutter kam zurück. Sie brachte einen Zauberer mit. Der Zauberer hatte einen Hut, aus dem er Kaninchen ziehen konnte, die wirklich lebten, und einen

Umhang, in dessen Innentaschen lauter aufregende Dinge verborgen waren.
Während der Zauberer seine Kunststücke vorführte, ein Zweieurostück aus Tills Ohr zauberte und in Nikos Hosenbein eine lebendige Maus fand, vergaß Niko alles andere, sogar Mattis Drohungen.
Er lachte immer noch über die Witze, die Ismail erzählt hatte, als er im Auto mit seiner Mami wieder nach Hause fuhr.
»War dieses Geburtstagsfest denn nun genau so, wie du es dir gewünscht hast?«, fragte seine Mutter.
Niko nickte.
Er versuchte, nicht an seine Angst auf dem Klo zu denken, an das Messer und Mattis Gesicht. »Ganz genau so«, sagte er.
Und seine Mutter streckte strahlend die Hand nach ihm aus und streichelte sein Gesicht. »Na, da bin ich aber froh«, sagte sie.

Vor der Wohnungstür lagen ein kleines Päckchen und ein Brief.
Das Päckchen war von Jule. Sie schenkte Niko eine CD mit ziemlich guter Musik.
In dem Briefumschlag war eine Geburtstagskarte mit einem großen Kuchen und ganz vielen Kerzen, fast so wie Nikos Geburtstagskerzen, und Jule hatte auf die Rückseite nur zwei Sätze geschrieben: »Herzlichen

Glückwunsch zum Geburtstag. Ich bin krank. Besuchst du mich mal? Deine Jule.«

»Na«, sagte seine Mutter, als sie Jules Brief las, »da musst du aber wirklich hin und sie besuchen.«

»Mal sehn«, knurrte Niko. Er hockte auf seinem Bett und zog die Jeans aus.

»Was heißt ›mal sehn‹? Natürlich musst du sie besuchen. Das ist doch unheimlich lieb von ihr, dass sie dir sogar ein Geschenk gemacht hat. Und du hast sie nicht eingeladen.«

»Sie hätte ja sowieso nicht gekonnt«, sagte Niko, »weil sie krank ist.«

»Aber über eine Einladung freut man sich, weil man merkt, dass man dazugehört«, erklärte seine Mutter. Sie hob den Pulli auf, den Niko einfach auf den Boden geschleudert hatte.

»Wozu gehört?«, brummte Niko.

»Wozu schon? Zum Freundeskreis. Einfach dazu.« Sie streckte die Hand aus, und Niko drückte ihr seine Socken in die Hand, damit verließ sie das Zimmer. Niko warf sich auf das Bett. Er starrte gegen die Zimmerdecke.

Da lief wieder der Film ab, den er schon kannte: Matti, der Krankenwagen, Jules blutverschmiertes Gesicht.

Und dann sah er sich in dem kleinen Zimmer, neben der Turnhalle, sah, wie er die Lösungen auf seinen

Zettel mit der Mathearbeit schrieb und wie er den Kopf hob und auf einmal in Mattis Gesicht schaute.

Er weiß alles, dachte Niko, er hat es gesehen, er kann mich damit erpressen.

Was soll ich bloß tun?

»Hallo«, sagte Niko. Er stand mit einem kleinen Strauß Veilchen, den seine Mutter für ihn besorgt hatte (er fand das mega-peinlich), vor Jules Wohnungstür. Jules Mutter lächelte und schaute ihn fragend an.

»Ich bin der Niko von schräg gegenüber. Ich geh mit Jule in eine Schule.«

»Ach, du bist der Niko.« Das Lächeln von Jules Mutter wurde noch ein bisschen freundlicher. »Dann hast du gestern Geburtstag gehabt, oder? Jule wollte unbedingt, dass mein Mann dir das Geschenk vorbeibringt. Hast du es bekommen?«

Niko nickte. Er musterte Jules Mutter verstohlen. Sie war ganz mager, aber er fand, dass sie nicht besonders krank aussah. Und die Wohnung sah auch normal aus. Der Flur jedenfalls. An der Garderobe hing Jules roter Anorak. Und auf einer Matte standen die dicken Schuhe.

»War es die richtige Musik?«, fragte Jules Mutter.

»Ja, ganz toll«, murmelte Niko.

»Es ist Jules Lieblings-CD. Sie hat durch Zufall erfahren, dass du Geburtstag hast, und war so unglücklich, weil sie kein Geschenk für dich besorgen konnte. Wir haben sie ja erst nachmittags aus dem Krankenhaus geholt.«

Niko bekam einen roten Kopf.

Wieso war Jule unglücklich, wenn sie ihm kein Geburtstagsgeschenk machen konnte?

Er war noch nie unglücklich gewesen, wenn er jemandem nichts geschenkt hatte. Aber vielleicht war Jule anders. Mädchen waren ja sowieso anders, fand Niko immer.

»Da hat sie einfach ihre Lieblingsmusik ausgesucht«, plauderte Jules Mutter weiter. Sie stand immer noch auf der Fußmatte in der Diele und Niko draußen im Treppenhaus. Und in seiner heißen Hand welkten die Veilchen.

»Jule hat gesagt, du bist so nett, und deshalb habt ihr bestimmt auch denselben Geschmack.«

Niko wurde wieder rot. Das Gespräch war so peinlich, er wusste nicht, was für ein Gesicht er machen sollte. Endlich trat Jules Mutter einen Schritt zur Seite.

»Ihr Zimmer ist hinten rechts. Geradeaus ist das Bad und links die Rumpelkammer. Also, hinten rechts.« Und dann hob sie ihre Stimme und rief ganz laut: »Jule! Besuch!« Sie fuhr flüsternd fort: »Es geht ihr immer noch nicht besonders, wir machen uns große Sorgen. Sie will nicht sagen, was passiert ist. Der Arzt kann sich auch nicht erklären, wie es zu den Verletzungen gekommen ist. Sie sagt, sie ist von der Mauer gefallen. Wir sind wirklich eine Unglücksfamilie.«

Niko schluckte. Er ging neben Jules Mutter den langen Flur entlang.

Er blickte nach links in die Küche. Es roch nach heißer Milch. Ihm wurde von heißer Milch immer ein bisschen schlecht.

Rechts war das Wohnzimmer. Er sah Sessel, mit hellblauem Samtstoff bezogen, und einen Tisch, auf dem eine Blumenvase stand. Und ein Bügelbrett mit einem Korb voller Wäsche.

Dann standen sie plötzlich vor Jules Tür.

Jule lag im Trainingsanzug auf dem zugedeckten Bett, ihre Füße steckten in roten, dicken Skisocken, sie hatte Kopfhörer aufgestülpt und las ein Buch.

Als sie Niko erkannte, fuhr sie hoch. Sie schaute ihre Mutter an. »Mami!«, rief sie. »Wieso hast du nichts gesagt?« Jule nahm die Kopfhörer ab.

»Ich hab doch gerufen, Schatz. Wenn du immer die Dinger aufhast . . .«

Jules Gesicht bestand nur aus Pflastern und Mulltupfern. Das Kinn war ganz blau. Und das linke Auge fast zugeschwollen.

»Bekommst du keine Kopfschmerzen von der Musik?«, fragte ihre Mutter, als sie Jule den MP3-Player abnahm.

»Wenn ich die Musik im Radio höre, kriegst du Kopfschmerzen.«

Niko legte die Veilchen auf Jules Schreibtisch. »Gute Besserung, die sind von meiner Mutter.«

»Oh, wie nett«, sagte Jules Mutter, »ich stell sie gleich in eine Vase.«

»Vielleicht sind sie schon verwelkt«, sagte Niko. »Vielleicht lohnt sich das gar nicht.« Er kam sich wirklich komisch vor, mit Blumen zu kommen.

Als Jules Mutter verschwunden war, sagte Niko: »Was war los?«

Jule machte eine Handbewegung, die bedeutete, dass er die Tür zumachen sollte.

Sanft drückte Niko die Tür ins Schloss. Er setzte sich auf Jules Bettkante.

Ihre Wände waren mit Postern zugeklebt. Pferde, Blumen und Justin Bieber.

Oh Mann, dachte Niko, peinlich. Er fand Mädchen, die für Boygroups schwärmten, albern. Aber das konnte er jetzt nicht sagen.

»Du kannst dir denken, was passiert ist, oder?«, fragte Jule.

Niko räusperte sich. »Matti?«

Jule nickte. »Und seine Freunde. Das sind vielleicht Scheißtypen. Die haben mir aufgelauert, als ich zur Bibliothek ging. Keine Ahnung, woher sie wussten, wann ich da vorbeikommen würde. An der Mauer, weißt du, da wo früher die Fahrräder standen, wo jetzt die Biotonnen sind . . .«

Niko kannte den Platz genau. Hinter den großen Büschen. Das war die einzige Stelle, die man von der Schule nicht einsehen konnte. Er hatte sich schon so was gedacht.

»Die haben sich auf mich gestürzt. Hier«, sie zog ihre Oberlippe hoch, »drei Zähne fehlen. Der Arzt sagt, das wird teuer.«

»Das muss ja höllisch wehtun«, sagte Niko.

»Tut es auch.« Jule lächelte. Sie war anscheinend sehr tapfer. Niko hätte immer nur geheult. »Aber ich halte es aus. Der Arzt hat mir für die Nacht Schmerzmittel gegeben. Aber tagsüber soll ich das nicht nehmen. Das ist irgendwie ein Rauschmittel. Nachher werde ich noch süchtig.«

»Lieber nicht«, sagte Niko.

»Genau.« Jule lächelte wieder. Wenn sie lächelte, sah sie aus wie ein Zombie. Aber das wusste sie wahrscheinlich nicht. Niko schaute immer in ihr gesundes Auge. Das andere konnte er nicht ansehen.

»Matti denkt, ich habe sie verpfiffen«, sagte Jule.

»Das hat er mir auch gesagt.«

»Was?«

Jule schrie, und dann tat ihr alles weh, und sie schloss die Augen und Niko sah, wie Tränen ihr über das Gesicht liefen. Er suchte nach einem Taschentuch.

Aber ausgerechnet, wenn man es richtig dringend braucht, hat man ja nie eines.
Jule ließ die Tränen einfach laufen. Wegwischen würde wahrscheinlich nur wehtun.
»Die haben dich auch erwischt?«
Niko erzählte, was bei McDonald's passiert war. Er sah, wie Jule ihn anschaute. Als er fertig war, sagte sie leise: »Oh, du hast bei McDonald's gefeiert. Das muss toll gewesen sein.«
Jetzt hatte Niko ein schlechtes Gewissen. »Ich wollte dich eigentlich einladen«, murmelte er.
»Ja?«, sagte Jule.
Niko stammelte: »Ja . . . ich weiß nicht . . . nicht, ich dachte, weil ich sonst nur Jungen eingeladen hatte . . . dass du das irgendwie peinlich finden würdest . . .«
»Wieso denn peinlich?«, fragte Jule.
Niko atmete tief durch. »Wir holen das nach, wenn du wieder okay bist. Ich hab Geld gekriegt zum Geburtstag, von meinem Onkel. Ich kann dich einladen, Kino oder so.«
Jule strahlte. Aber das tat auch wieder weh; und sie machte ihr Zombie-Gesicht.
»Danke«, flüsterte sie.
Ihre Mutter kam zurück, sagte: »Schaut mal, wie schön«, und stellte eine kleine blaue Glasvase mit den Veilchen auf Jules Nachttisch.

Dann verschwand sie wieder, und Niko fragte: »Und du willst wirklich niemandem sagen, was mit Matti und seinen Leuten ist?«

Jule schüttelte den Kopf.

»Und wieso nicht?«

»Weil ich meine Zähne behalten will, was glaubst du denn«, sagte Jule.

»Aber du könntest es deinen Eltern sagen.«

»Nee«, sagte Jule, »kann ich nicht, wegen meiner Mutter. Die regt sich auf und wird wieder krank. Ich bin froh, dass es ihr einigermaßen geht. Aber sie darf sich überhaupt nicht aufregen.«

Niko nickte. Er tat, als wenn er das verstünde, aber in Wirklichkeit verstand er es nicht.

»Und die Polizei?«, fragte er.

»Was ist mit der Polizei?«

»Wieso sagst du es denn nicht? Dass die die Autos geknackt haben.«

»Weißt du doch. Die machen mich fertig. Die sind superbrutal. Das ist denen völlig egal. Ich hab Angst, kapierst du das? Wenn ich daran denke, dass ich übermorgen wieder zur Schule muss, wird mir ganz schlecht.«

Das verstand Niko.

»Jemand anderes müsste es sagen«, meinte Jule. Sie lehnte ihren Kopf vorsichtig hinten gegen die Wand. Sie schaute zum Fenster. Sie sah Niko nicht an, aber

Niko wusste genau, was sie meinte. »Jemand, der Bescheid weiß über Matti und die anderen. Der müsste das sagen.«

Niko holte tief Luft. »Ich hab gesehen, wie sie dich zusammengeschlagen haben«, sagte er.

Jule starrte ihn an.

»Nicht jetzt«, sagte Niko, »aber das erste Mal. Da bei der Turnhalle.«

Jules gesundes Auge wurde ganz groß. »Das hast du gesehen?«

Niko nickte.

»Ja, ziemlich genau.«

»Oh Mann«, murmelte Jule, »und die wissen das?«

Niko nickte wieder.

Sie schauten sich an. Eine Weile sagten sie nichts.

Das Telefon klingelte und dann klingelte es nicht mehr.

»Es ist doch scheiße«, sagte Jule, »wenn man Angst hat, in die Schule zu gehen, oder? Es ist doch scheiße, wenn man Angst hat auf die Straße zu gehen.«

»Oberscheiße«, sagte Niko.

»Aber man kann nichts machen«, flüsterte Jule. Sie war wieder den Tränen nahe. Niko fürchtete, dass sie gleich wieder weinen würde. Bestimmt hatte sie schreckliche Schmerzen.

Er schob den Veilchenstrauß so, dass sie ihn besser sehen konnte.

»Das ist so gemein, dass man überhaupt nichts gegen solche Schweine machen kann«, flüsterte sie.
Niko richtete sich auf. »Vielleicht doch«, sagte er.
»Was?«, flüsterte Jule. »Was hat du gesagt?«
Niko sah sie gedankenverloren an. »Ich hab gesagt, vielleicht kann man doch was machen.«
Niko beugte sich vor und legte die Hände vors Gesicht. Er stöhnte.
»Was ist?«, fragte Jule.
Niko nahm die Hände vom Gesicht und schaute Jule an. Sie sah schlimm aus. Bestimmt hatte sie furchtbare Schmerzen. Aber noch schlimmer war wahrscheinlich ihre Angst davor, wieder in die Schule zu gehen. Er hatte auch Angst, Matti zu begegnen. Matti wohnte in derselben Stadt, im selben Viertel, er könnte ihn überall treffen, auf dem Fußballplatz, beim Einkaufen, wenn er die neuen Inline-Skates auf der Asphaltpiste im Stadtpark ausprobierte, überall. Matti könnte ihn beim Sportfest der Schule abfangen oder jederzeit in der Pause, ihn einfach in irgendeiner unübersichtlichen Ecke des Schulhofes verprügeln. Und das alles, weil Matti etwas wusste, das niemand wissen durfte.
Matti hatte ihn in der Hand.
Aber hatte Niko ihn nicht auch in der Hand?
Niko wusste, dass Matti und seine Gang Autos knackten. Er wusste, dass Matti und seine Gang Jule zusam-

mengeschlagen hatten. Er brauchte nur zur Polizei zu gehen und zu sagen: »Hey, ich weiß was.«
Aber würde dann die Polizei nicht fragen: »Wann hast du das gesehen?«
Und müsste er dann nicht sagen: »Ich war in dem Lehrerraum neben der Turnhalle, als Matti und seine Gang Jule zum ersten Mal verprügelt haben«?
Und würden sie dann nicht fragen, was er da gemacht hatte?
Sollte er dann vielleicht sagen: »Ich hab meine Klassenarbeit gefälscht.«?
Niko war ganz schwindlig. Er lehnte die heiße Stirn gegen die Fensterscheibe. Das Glas beschlug von seinem Atem.
»Was guckst du eigentlich die ganze Zeit aus dem Fenster?«, fragte Jule.
»Ich denke nach«, antwortete er.
»Und worüber?«
Niko hob die Schultern. »Ich denk einfach nur nach.«
Jule fand es blöd, dass Niko nicht mit ihr redete, sagte es aber nicht. Sie stülpte sich die Kopfhörer wieder über und hörte Musik, während Niko wie eine Statue am Fenster stand und in den Himmel starrte.
Jule schaute Niko die ganze Zeit an. Sie fand es schön, dass er da war, auch wenn er nicht sprach. Sie fühlte sich sicherer.
Wenn jetzt Matti oder einer aus seiner Gang einfach

an der Wohnungstür klingelte, wäre es nicht so schlimm.

Es dauerte eine Ewigkeit, bis Niko sich umdrehte und sie anschaute. Er hustete so laut und so lange, bis Jule die Kopfhörer abnahm und den MP3-Player ausstellte.

»Ich geh jetzt«, sagte Niko.

»Hast du genug nachgedacht?«

Niko nickte.

Er stellte sich neben ihr Bett. Jule rückte ein Stück zur Seite, aber Niko wollte sich nicht zu ihr setzen.

»Morgen«, sagte er, »gehst du ja noch nicht zur Schule.«

»Morgen nicht«, sagte Jule, »aber übermorgen.«

»Okay, dann haben wir einen Tag Zeit.«

»Zeit wozu?«, fragte Jule.

»Zeit für meinen Plan.« Niko schob entschlossen das Kinn vor und strich sich mit der rechten Hand die Haare aus dem Gesicht. So hatte er es neulich in einem Film gesehen.

»Du musst mir versprechen, morgen nicht das Haus zu verlassen.«

»Okay«, sagte Jule.

»Du bleibst hier in der Wohnung, bis ich komme und Entwarnung gebe, verstanden?«

Jule schaute ihn mit großen Augen an. »Nein«, sagte sie.

»Macht nichts. Vertrau mir. Ich hab einen Plan. Morgen Abend ist alles vorbei. Da können Matti und diese anderen Idioten nichts mehr machen«, er grinste tapfer, »gar nichts. Da sind die so klein!« Er hob die Hand und presste Daumen und Zeigefinger aufeinander. »So klein mit Hut.«

Jule versuchte zu lächeln, aber es ging nicht. Es tat zu sehr weh.

»Vertrau mir«, sagte Niko.

Abends saß er mit seinen Eltern am Esstisch und sagte kein Wort. Er war wachsbleich und hatte eiskalte Füße. Manchmal schlugen seine Zähne aufeinander, aber wenn er versuchte, seine Kiefer festzuhalten, glühten seine Hände. Vielleicht bin ich krank, dachte Niko, vielleicht bekomm ich Fieber. Wenn ich Fieber habe, kann ich nicht zur Schule. Wenn ich nicht zur Schule gehe, dann muss ich auch meinen Plan nicht ausführen . . .

Er hatte eine schreckliche Angst vor dem nächsten Tag. Er warf seiner Mutter flehende Blicke zu. Aber seine Mutter hörte zu, wie sein Daddy von seinem Leben als Abteilungsleiter erzählte. Sie hing an seinen Lippen. Sie lachte. Sein Daddy machte offenbar gute Arbeit. Der Chef hatte ihn schon zweimal gelobt. Und am Ende des Monats war das dicke Gehalt auf dem Konto. Fast doppelt so viel wie vorher verdiente er jetzt. Jetzt konnten sie endlich daran denken, ein neues Auto zu kaufen.

»Nein«, sagte seine Mutter, »zuerst ein neuer Kühlschrank.«

»Der Kühlschrank kann warten«, sagte sein Daddy. »Erst kommt der Urlaub dran.«
»Oh ja.« Seine Mutter seufzte glücklich. »Italien!«
»Oder Spanien«, sagte sein Vater, »Mallorca!«
Niko rutschte von seinem Stuhl. Er war barfuß. Vielleicht hatte er deshalb so kalte Füße. Sie machten ein patschendes, saugendes Geräusch auf dem Küchenfußboden. Schuldbewusst schaute er auf, aber seine Eltern achteten gar nicht auf ihn.
»Weißt du noch«, fragte seine Mami, »unsere Hochzeitsreise?«
»Rom, die Ewige Stadt.« Sein Vater legte die Hand auf ihren Arm und streichelte sie.
»Ich geh ins Bett«, murmelte Niko.
Sie schauten gar nicht zu ihm hin.

In der Nacht träumte Niko von Zombies und bösen Hexen, die hatten Messer und sahen wie Ungeheuer aus. Zweimal wachte er schweißgebadet auf, da musste er dringend aufs Klo und hatte einen schrecklichen Durst. Seine Kehle war ausgetrocknet. Er trank Leitungswasser aus dem Zahnputzbecher. Das schmeckte eklig.
Die Tür zum Schlafzimmer seiner Eltern war geschlossen. Sonst ließen sie meistens die Tür offen, und manchmal stellte er sich, wenn er nicht schlafen konnte, einfach ans Fußende ihres Bettes, ohne ein Wort zu

sagen, und irgendwann wachte seine Mami auf und flüsterte: »Was ist? Kannst du nicht schlafen?«
Dann sagte er jedes Mal »doch« und kroch wieder in sein Bett. Und konnte sofort einschlafen.
Aber jetzt war die Tür zu. Er lauschte einen Augenblick, konnte aber nichts hören.
Mit gesenktem Kopf trottete er zu seinem Zimmer zurück, kroch unter die Decke und zählte Schäfchen.
Bei einhundertzweiundzwanzig schlief er endlich wieder ein.

In der ersten Stunde hatten sie Musik, aber in der zweiten Mathe.
Es gab nur eine kleine Pause zwischen den ersten beiden Stunden, und die Schüler blieben alle im Klassenraum. Nur Niko wanderte draußen auf dem Flur auf und ab.
Er hatte den Kopf gesenkt und die Hände in den Hosentaschen vergraben. Immer wieder übte er den Text, den er auswendig gelernt hatte.
Plötzlich hörte er die Schritte. Herr Krause tauchte am Ende des Flures auf.
»Ab, marsch, in die Klasse«, rief Herr Krause ihm entgegen.
Niko nahm die Hände aus den Hosentaschen. Im gleichen Augenblick hatte er seinen ganzen Text vergessen.
Herr Krause trug dicke Bücher unter dem Arm und sah aus wie immer.
Es war eine normale Rechenstunde und trotzdem ganz anders. Nichts würde so sein, wie es war, wenn Niko mit Herrn Krause geredet hatte.

Niko hatte furchtbare Angst. Am liebsten wäre er jetzt noch schnell auf seinen Platz gerannt. Hätte sich ganz kleingemacht. Aber es ging nicht. Er hatte nur diesen einzigen Tag. Morgen musste Jule wieder in die Schule. Es ging nur heute.

Wenn er heute zu feige war, war er immer zu feige.

»Na, Niko?«, fragte Herr Krause. »Willst du wissen, wann die nächste Zeugniskonferenz ist?«

Niko schüttelte den Kopf.

Herr Krause legte einen Arm um seine Schulter. Der Arm fühlte sich bleischwer an. Wenn er wüsste, was ich ihm zu sagen habe, dachte Niko, wäre er jetzt nicht so freundlich. Er wird nie wieder freundlich zu mir sein.

»Was denn? Wann wir wieder eine Arbeit schreiben?«

Das war das Stichwort.

Niko hob den Kopf. Er hustete. »Herr Krause, kann ich Sie einen Augenblick sprechen?«, sagte er rau.

Der Mathelehrer lächelte. »Na, das tust du doch schon. Mal raus mit der Sprache. Was ist los? Hat jemand Geburtstag?«

Niko schüttelte den Kopf.

»Wollt ihr eine Freistunde haben?«

Niko schüttelte wieder den Kopf.

»Also, Junge, nun mal Mut«, sagte Herr Krause.

»Können wir ... bitte ...«, Niko deutete auf das Ende

des Flures, »können wir dahin gehen? Ich möchte unter vier Augen mit Ihnen reden.«

Herr Krause schaute Niko überrascht an. Aber dann nickte er und ging den Flur entlang. Niko trabte neben ihm her. Keiner sagte etwas.

Als sie am Ende des Flures waren, legte Herr Krause die Bücher auf den Fenstersims, verschränkte die Arme und sagte: »Nun mal los.«

Niko schloss kurz die Augen, schickte ein Stoßgebet zum Himmel und sagte: »Ich hab geschummelt bei der letzten Arbeit.«

Herr Krause starrte ihn an. »Was? Was hast du?«

»Ich hab die Lösungen erst hinterher reingeschrieben, als die Arbeiten schon eingesammelt waren.«

Herr Krause lachte fassungslos. »Das geht doch gar nicht!«

»Doch, Sie hatten hinterher Sport, Volleyball. Ich hab gehört, wie Sie den Schiedsrichter gepfiffen haben. Die Arbeiten waren in dem kleinen Nebenraum.«

Herr Krause löste langsam die Arme. Er richtete sich ganz starr auf, seine Augen wurden klein, die Lippen schmal.

»Das ist nicht wahr«, murmelte er, »das glaube ich nicht.«

Niko schluckte. »Sie können mir ja nachträglich eine Sechs geben.«

»Das werde ich auch, mein Freund«, sagte Herr Krause. Seine Stimme klang bitter, fast enttäuscht. Es tat Niko auf einmal furchtbar leid, dass er seinen Lehrer so enttäuscht hatte. »Und wieso sagst du mir das alles? Jetzt? Nach zehn Tagen? Du weißt wahrscheinlich, dass ich das nie gemerkt hätte.«

Da war auf einmal alles ganz leicht. Niko erzählte alles, von Anfang bis Ende. Der Lehrer unterbrach Niko kein einziges Mal.

Niko sah aus den Augenwinkeln, wie immer wieder einer seiner Klassenkameraden den Kopf aus der Tür steckte und um die Ecke lugte. Wahrscheinlich fragten sie sich, was Niko und der Lehrer so lange zu bereden hatten.

Als Niko fertig war, pfiff der Lehrer durch die Zähne. »Das ist ja eine schlimme Geschichte«, sagte er gedehnt. »Eine böse Geschichte.«

Niko hielt den Kopf gesenkt. Er wartete einfach ab.

»Schau mich mal an«, sagte der Mathelehrer.

Vorsichtig hob Niko den Kopf.

Herr Krause lächelte nicht, aber sein Blick war auch nicht unfreundlich.

»Du hast aber Mut«, sagte er.

Niko verzog sein Gesicht. Er hob die Schultern. Was sollte er darauf sagen?

»Wirklich«, sagte der Lehrer, »du hast verdammt viel Mut gehabt, mir das zu sagen. Hattest du keine Angst?«

»Ein bisschen«, murmelte Niko. »Aber Jule hat noch viel mehr Angst als ich.«
Plötzlich legte Herr Krause ihm die Hand auf die Schulter. »Weißt du, was ich toll finde? Dass du an Jule denkst, dass du ihr helfen willst. Und dass du bereit bist, dafür sogar eine schlimme Sache zuzugeben. Das ist mutig und tapfer. Das muss ich anerkennen.«
Nikos Augen erhellten sich.
»Aber bestraft werden musst du trotzdem«, sagte Herr Krause. »Ich weiß nur noch nicht, wie. Ich muss mit dir zum Direktor, später, vielleicht morgen. Jetzt müssen wir uns erst um Jule kümmern. Weißt du, wo Jule wohnt?«
»Klar«, sagte Niko.
»Gut. Nach der vierten Stunde hast du Schluss.«
Niko nickte eifrig.
»Dann treffen wir uns vor der Schule, und ich nehm dich in meinem Auto mit zu Jule. Wir laden sie ein und fahren zusammen zur Polizei. Und da gibt Jule alles zu Protokoll. Und dann kann die Polizei sich um Matti und seine Leute kümmern.« Er lächelte. »Und ihr müsst keine Angst mehr haben.«
Niko lachte. »Oh Mann, das klingt gut. Sagen Sie das auch zu Jule?«
»Aber klar, das sag ich auch zu Jule. Und weißt du, was ich noch sage?«
Niko wartete. Der Lehrer legte den Arm um Nikos

Schultern und ging mit ihm zum Klassenzimmer. »Ich sag's gleich, wenn die anderen zuhören. Geh auf deinen Platz, ja?«

Es herrschte ohrenbetäubender Lärm in der Klasse, als sie den Raum betraten. Der Lehrer klatschte in die Hände und schrie: »Ruhe! Ist das ein Tollhaus hier oder was?«

Niko schlich an seinen Platz und setzte sich wortlos hin, die Hände auf dem Pult. Sein Herz schlug wie wild.

Die anderen waren auch plötzlich ruhig und setzten sich hin.

Herr Krause wartete, bis es vollkommen ruhig war. Dann sagte er: »Guten Morgen!«

»Guten Morgen, Herr Krause!«, scholl es zurück.

Herr Krause lächelte. »Eben habe ich eine Geschichte gehört. Es ist eine lange Geschichte, und deshalb komme ich auch zu spät zum Unterricht. Es ist eine Schwarz-Weiß-Geschichte. Das heißt, sie hat einen schwarzen Teil und einen weißen Teil. Ich werde euch nicht erzählen, worum es im Einzelnen geht. Jedenfalls heute nicht. Vielleicht morgen, wenn alles vorbei ist. Heute nur so viel: Ihr könnt euch an eurem Klassenkameraden Niko ein Beispiel nehmen.«

Niko bekam einen roten Kopf, als alle sich wie auf Kommando zu ihm umdrehten.

»Niko hat eine ganze Menge falsch gemacht«, sagte der Lehrer, »wie wir alle immer wieder Fehler machen. So ist der Mensch, so ist das Leben. Nicht vollkommen. Aber Niko hat bewiesen, dass er über eine sehr wichtige gute Eigenschaft verfügt: Er hat Mut. Und ab heute werden wir daran arbeiten, dass wir alle einmal so viel Mut haben wie Niko. Dass ich jedem von euch irgendwann auf die Schulter klopfen kann und sagen: ›Du hast aber Mut!‹«

Stefanie Taschinski

Die POPkörner

Ein Feuerwerk für Motte

Die Ferien stehen vor der Tür und die vier POPkörner träumen von sechs Wochen Bandprobe, neuen Songs und gemeinsamen Auftritten. Da macht ihnen der Hausmeister der Schule einen Strich durch die Rechnung. Unterdessen hat Motte noch ein ganz anderes Problem: Ihr Vater ist immer seltener zu Hause und die Mutter wirkt in letzter Zeit so verändert. Und auch Rosa hat ein Geheimnis, von dem niemand weiß: Sie ist zum ersten Mal verliebt!

323 Seiten • Klappenbroschur
ISBN 978-3-401-50930-3

Eine Bühne für Billie

Das ist die Chance ihres Lebens! Billie hat die POPkörner bei der Europäischen Pop-Akademie in München angemeldet. Trotzdem scheinen die anderen Bandmitglieder wenig begeistert und Rosa hat sowieso nur noch David im Kopf. Billie kann das überhaupt nicht verstehen. Dann will plötzlich auch noch ihr Papa mit nach München kommen. Das kann ja nur peinlich werden.

232 Seiten • Klappenbroschur
ISBN 978-3-401-50931-0
www.arena-verlag.de